Alain Pelosato

Giordano Bruno
La fin de Nyarlathotep

Sagittarius 3
sfm éditions
quinzième roman du cycle Jean Calmet

1

**Lovecraft a fondé toute la philosophie
de sa vie sur la science**
T.S. Joshi - France Culture 07/06/2019

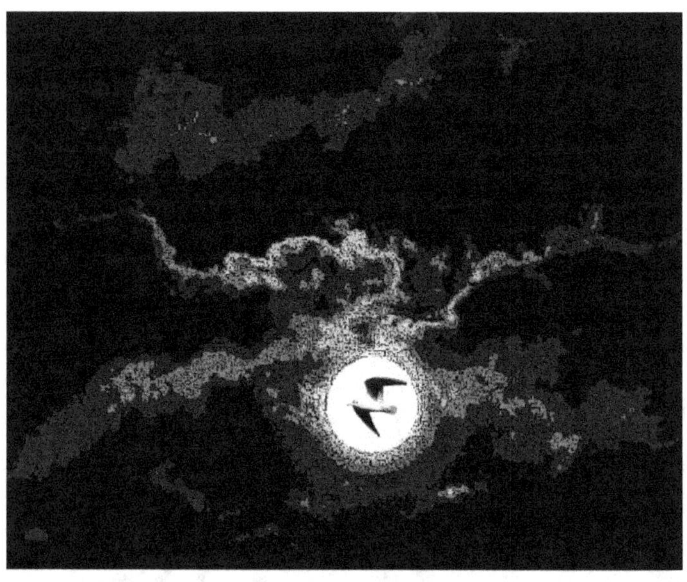

Illustrations et texte ©Alain Pelosato
sfm éditions Alain Pelosato
ISBN 9782915512519
Dépôt légal

(**Nyarlathotep**) se disait surgi de vingt-sept siècles de ténèbres, et affirmait avoir perçu des messages provenant de lieux extérieurs à cette planète. *Nyarlathotep*, mince, sinistre, le teint cuivré, gagna les pays civilisés. *Sans cesse il achetait d'étranges instruments de verre et de métal qu'il combinait de manière à obtenir d'autres instruments plus étranges encore. Il parlait beaucoup de sciences, surtout d'électricité et de psychologie, et faisait des démonstrations de pouvoir qui laissaient ses spectateurs pantois mais lui apportèrent une renommée exceptionnelle.* Non sans frissonner, les gens se conseillaient d'aller le voir. Et partout où *Nyarlathotep* se rendait, il n'y avait plus de repos ; car les hurlements de cauchemar déchiraient les petites heures de la nuit.

(...)

Et à travers le révoltant cimetière de l'univers montent depuis des salles sombres et inconcevables situées au-delà du Temps les battements de tambours sourds, à vous rendre fou, et la complainte fluette et monotone de flûtes blasphématoires ; les rythmes et mélodies détestables sur lesquels dansent lentement, maladroitement, absurdement, les noirs et gigantesques dieux ultimes, gargouilles aveugles, muettes et ineptes dont *Nyarlathotep* est l'âme.

Howard Phillips Lovecraft
« Nyarlathotep »

« Filippo Bruno, devenu Frère Giordano Bruno, le Nolano, est une personnalité géniale, extrêmement intelligente, dotée d'un sens aigu de la réflexion, passionnée par sa recherche, pleinement consciente de ses nombreux talents mais aussi orgueilleuse et, parfois, méprisante envers celui qui ne peut rivaliser avec lui. »

(...)

« Après avoir constaté l'incompatibilité de la philosophie de Bruno avec la pensée chrétienne, il faut réaffirmer le respect de la personne et de sa dignité. La condamnation au bûcher n'est certainement pas un signe de respect de l'homme et de sa pensée divergente »

(...)

« L'action de l'Église contre la personne de Giordano Bruno est un de ces contre-témoignages dont, aujourd'hui, l'Église se repent, demandant le pardon du Seigneur et des frères. »

Deux extraits de la présentation, par **le cardinal Paul Poupard**, d'une biographie de Giordano Bruno, La Croix le 10/04/2013 et (troisième citation) conférence du cardinal prononcée à Rome en février 2000.

Béziers et Monte Rubello : on n'oubliera jamais ces lieux de bataille où des hommes sont morts, où d'autres ont vaincu. (...)
À Béziers (Languedoc, en 1209) et à Monte Rubello (Lombardie, en 1307), s'allument les feux de l'Inquisition médiévale, et l'hérésie se consume sur les bûchers. En effet, Inquisition et Hérésie vont de pair, et le livre noir de l'Inquisition est rempli des pages sombres de la chronique de la répression de l'hérésie. La lutte contre l'hérésie est menée depuis les débuts du christianisme, mais c'est au Moyen Âge quelle revêt la forme précise qui perdurera huit siècles : une juridiction d'exception.
Avec l'hérésie cathare, l'Inquisition se structure (...)
Les *Directoria Inquisitorum,* « Manuels des inquisiteurs » étaient réservés aux évêques et inquisiteurs. Dans le dernier quart du XIVe s. le *Manuel* d'Eymerich est le traité systématique choisi par Rome comme guide en matière de droit et de procédure (délation, poursuite, torture, aveu, supplice) et, en outre fournir une « réponse claire » à tous les problèmes qui peuvent se poser lors d'une enquête ou d'un procès de l'Inquisition. *(N.D.T.)*
(...)
Ils finirent par devenir eux-mêmes ce diable qu'ils prétendaient combattre.

Le Livre Noir de l'Inquisition
Natale Benazzi - Matteo D'Amico

Dieu permet, sans le vouloir, que le mal existe, cela pour la perfection de l'univers. (…) Et Augustin dit dans l'*Enchiridion* : l'admirable beauté de l'univers est faite de tous les biens et de tous les maux.

Malleus Maleficarum[1]
Le marteau des sorcières
Question XII : La permission de Dieu concourt-elle aux maléfices ?
Henri Institoris[2] & Jacques Sprenger

La physique est essentiellement l'art de l'approximation astucieuse.

Jean-Pierre Luminet
L'Écume de l'espace-temps

---

[1] Édition de 1582. Édition française Jérôme Million ; traduction Amand Danet 1997
[2] « Krämer pour qui le veut… chasseur de sorcières jusqu'à 75 ans. » (Amand Danet)

Henry Institoris
Jacques Sprenger

Le marteau des sorcières

JÉRÔME MILLON

Prologue

Deux des personnages principaux de cette histoire, en dehors des personnages habituels, sont deux personnes ayant vécu dans un passé lointain, l'une du XVIe siècle, *Giordano Bruno* et l'autre du siècle suivant, mort au XVIIIe, le grand physicien et alchimiste *Isaac Newton*. Comment sont-ils parvenus jusqu'à notre époque ? Dans le douzième volume (*Arkham*), Isaac Newton a été « ramené » par Garand et Jean Calmet grâce au procédé du puissant sorcier Joseph Curwen[3]. Ensuite, le physicien ayant réussi à assimiler ce procédé a fait « revenir » Giordano Bruno ; cela s'est produit dans le treizième volume (*Sagittarius A**). Voici un extrait du roman *Arkham* qui raconte cette « transition » de Newton.

Garand recula doucement, sortit de la cage et referma la porte qu'il boucla avec un gros cadenas.
« Alors qui s'y met ? Qui connaît la formule ? Jean, tu as utilisé la formule "tête du dragon, nœud ascendant" contre Curwen. Tu avais réussi, tu as l'expérience. Tu continues ? »

---

[3] Personnage terrifiant de « L'affaire Charles Dexter Ward » de Lovecraft

Jean hésitait, terrorisé par les conséquences d'une erreur dans ce genre de cérémonie... Mais il se résolut à se sacrifier.

En s'approchant de la cage, il se remémorait la formule à scander de manière très claire, avec le bon rythme.

Il se tint à un mètre de la cage, leva les bras en « V » et s'écria :

Y'AI'NG' NGAH,

YOG-SOTHOTH

H'EE-L'GEB

F'AI THRODOG

UAAAH

Lovecraft avait décrit ainsi ce qui se produisit quand Willett avait utilisé la même formule : « Mais quel était ce vent glacé qui s'était levé au tout début de la psalmodie ? (...) l'obscurité se fit si dense que les lettres gravées sur les murs devinrent presque invisibles. Il y avait aussi de la fumée, ainsi qu'une odeur âcre (...) ; se détournant des gravures pour faire face à la pièce et à son étrange contenu (...) il vit (...) un nuage étonnamment imposant et opaque de vapeur d'un noir verdâtre. »

Véronique, Alice, Garand et Jean virent la même chose. Alice pensa : « Ça a marché ! C'est comme l'a raconté Lovecraft ! » Garand recula vivement. La lumière du jour réapparut et dans la fumée, une silhouette se dessina, quand elle fut dissipée, tous reconnurent le personnage qui se présentait devant eux, dans la cage : Isaac Newton, avec son visage en lame de couteau et ses cheveux longs. Il ne montra

aucun signe d'étonnement, juste un éclair sour-
nois de satisfaction dans les yeux…

« Où suis-je ? Et quand suis-je ? » Il parlait anglais évidemment, mais la bande des quatre
pratiquaient bien l'anglais, ils avaient vécu
longtemps aux USA et Garand connaissait
toutes les langues de la Terre.

Garand engagea la conversation : « Bonjour,
monsieur Newton ! »

…

Fin de l'extrait.

Nyarlathotep

Giordano Bruno fait un cauchemar...

« *La sentence que vous portez vous trouble peut-être en ce moment plus que moi.* » Dit-il à ses juges qui le condamnèrent à mort. Le fait que les documents sur ses interrogatoires et de son procès ont disparu permet à certains de contester la véracité du fait qu'il fut brûlé vif, la langue clouée sur un morceau de bois.

Son rêve reconstitue la scène. Il ne saura jamais dire si ce qu'il a rêvé représentait la réalité, car il ne se souvenait de rien concernant cette exécution. Nous sommes en l'an 1600 à Rome, campo dei Fiori, un joli nom pour une place où va se dérouler une telle horreur. La Sainte Inquisition l'a condamné au bûcher après huit années d'emprisonnement et quelques-unes de torture. Quelle barbarie ! La foule est rassemblée pour le spectacle. Giordano se voit monter sur le bûcher de lui-même. Puis il regarde la foule et, comme un zoom au cinéma, il voit en gros plan un homme vêtu de noir, encapuchonné, le visage caché par l'ombre du vêtement. Cet homme lui parle par la pensée : « Ah ! Giordano ! Ai-je bien travaillé auprès de la Sainte Inquisition pour t'amener au bûcher ? Tu ne réponds pas... Je comprends. Mais sache que tes travaux auraient fait avancer la civilisation humaine rapidement, il fallait l'éviter ! Laissons l'Église catholique, avec la complicité implicite des luthériens qu'elle combat, retenir l'évolution de l'histoire... Comment ? Oui ! Je représente le Mal selon toi, mais pas selon tout le monde, un Mal comme un Bien, disent certains. Te voilà revenu parmi les vivants grâce à la méthode impie d'un puissant sorcier. En fait, à rebours, c'est pour cela que tu as été brûlé ce 17 février 1600 à Rome ! Cet avenir est inscrit dans l'espace-temps et je l'ai pris en compte pour mener ce combat contre toi et tes idées de progrès. Maintenant quel est ton avenir ? Te voilà de nouveau en face de moi ! Le combat recommence. À bientôt pour de nouvelles batailles ! » Avait-il utilisé ces mots ? Sans doute que non... Mais l'esprit de Giordano les avait traduits ainsi.

Les flammes montèrent jusqu'à ses jambes, la douleur était atroce, il était nu sur le bûcher, seule la fumée toxique de la combustion lui fit perdre connaissance et échapper ainsi à l'atrocité à laquelle il avait été condamné...

Giordano Bruno se réveilla en sursaut... Il avait eu, à postériori, la confirmation de ce terrible événement dont il avait lu l'existence, contestée par certains et dont il ne se souvenait plus lui-même... Il se leva et se rendit dans sa bibliothèque où toutes ses œuvres publiées à cette époque étaient rangées. Il relut notamment l'édition bilingue français-italien *Les Belles Lettres* en quatre tomes. Cela lui procurait un grand plaisir de se relire en Italien, notamment dans le quatrième tome consacré à l'Univers Infini! Il avait lu également les œuvres de Lovecraft et avait reconnu Nyarlathotep dans l'interlocuteur de son rêve, fils d'Azathoth, qui n'a jamais eu de vraie forme, de matérialité attribuée, et qui pouvait prendre celle qu'il souhaitait, pourvu que cela fût utile pour atteindre ses buts.

La Nef d'AntiG

Isaac Newton se trouvait dans la Nef d'AntiG. L'homme était assis devant une paroi de la pièce où il se trouvait, devant un clavier qui en sortait et un grand écran qui était également apparu automatiquement sur le mur. Sa frappe était devenue très rapide depuis le temps qu'il venait ici et des vues d'endroits bizarres s'affichaient sur l'écran…

Quand la Terre fut en danger, menacée par l'invasion des armées de zombies du monde de M., ils avaient découvert cette Nef qui orbite autour de l'énorme trou noir central de la Galaxie, baptisé par les astronomes terriens **Sagittarius A***[4]. Grâce à cette découverte, la Terre fut sauvée de l'invasion. Puis l'équipe des détectives de l'étrange[5], en véritables pionniers, partit prospecter la gigantesque Nef, pilotée depuis des millions d'années par une Intelligence artificielle. Désormais, cette dernière leur avait attribué un « secteur » de la Nef qu'ils n'avaient pas le droit de quitter. D'ailleurs l'I.A. leur avait rendu impossible le déplacement en dehors de

---

[4] Voir les deux romans précédents *Sagittarius A** et *La Nef d'AntiG*…

[5] Jean, Véronique et Alice Calmet, ainsi que Garand, et également, désormais, Isaac Newton et Giordano Bruno.

leur secteur. Mais « impossible » n'existe pas pour Isaac Newton ! Ce dernier donc officiait sur le clavier que l'I.A. avait sorti de la paroi pour qu'il puisse dialoguer avec elle et « voyager » de manière virtuelle partout où il était capable de le faire. Et Newton est d'une intelligence supérieure. De la même manière que du temps de sa première vie, il ne publiait jamais ses découvertes, là, il n'avait dit à personne de son équipe qu'il tentait de trouver « l'algorithme » pour se déplacer librement dans la Nef, ce qui, en passant, n'était pas sans risques graves… De plus, il comptait utiliser l'I.A. pour chercher des explications sur la carrière phénoménale de Giordano Bruno, et surtout à propos de sa mort horrible sur le bûcher de l'inquisition…

Alors que le savant du XVIIIe siècle venu jusqu'à notre époque cherchait à tout prix à débloquer les barrières numériques érigées par l'I.A. pour l'empêcher de se rendre où il l'entendait dans cette Nef, une image apparut à l'écran. Le buste d'un homme assez séduisant, mais au regard noir d'une profondeur abyssale. Son sourire narquois était attirant, mais cela n'empêcha pas Isaac de regarder les détails du personnage qui restait silencieux. L'écran ne permettait de voir qu'une partie du buste : il était vêtu de noir, un noir aussi profond que ses yeux, si profond que le mot vêtement ne s'appliquait pas du tout à ce que Newton voyait…

« Qui êtes-vous ? » interrogea-t-il… « Nyarlathotep, c'est cela ? » L'image de l'homme noir ne bougea pas, même pas un petit tremblement. « Vous essayez de m'impressionner ! Il m'en faut plus que cela, moi qui viens de l'au-delà ! » L'image parla : « Ah oui, cher ami, mais n'oubliez pas que si vous êtes venus de l'au-delà c'est surtout grâce à moi ! » Newton sourit, il avait l'impression qu'il menait la conversation, allez savoir pourquoi… Pourtant Isaac Newton, n'était pas un imbécile… « Oui, sans doute » répondit-il sans s'émouvoir. « C'est surtout grâce à un ami, une personne qui est devenue un ami, qui a prononcé votre formule que Joseph Curwen vous avait empruntée et qui permet de faire revenir les morts quand ils avaient été conservés grâce aux méthodes de ce puissant sorcier… » Un moment de silence quand le savant s'arrêta de parler. L'homme fixait toujours l'apparition sur l'écran. Celle-ci ne bougeait pas, d'une fixité absolue, seules ses lèvres bougeaient quand elle parlait. Newton décida d'attendre que l'autre parlât. En attendant, il utilisait le clavier dans une frappe rapide… Sans quitter des yeux son interlocuteur qui reprit la parole : « Ah ! Je vois que vous n'avez pas confiance. C'est le moins que l'on puisse dire. Vous dressez des barrières, mais, moi, d'un seul geste, je les abats… » Isaac ne répondit pas, continuant son labeur. À chaque barrière dressée et abattue, il en redressait une autre ; il tenta une diversion. « Vous disiez, dit-il, que j'étais ici grâce à vous ? » Le Diable Noir répondit : « Oui, je cherche où vos amis ont caché les sels, les pichets de Phalère... J'ai failli les retrouver quand vous avez fait revenir Giordano Bruno, le signal de son retour m'est parvenu, mais j'étais occupé ailleurs et très loin... » Puis il se tut ! Newton reprit la conversation : « Oui, mais vous ne seriez pas arrivés à temps, car les Calmet et Garand ont déplacé les pichets de Phalère et les ont cachés soigneusement. Ils ont l'habitude avec vous, ils savent comment s'y prendre... Moi-même je ne sais pas où ils sont... » Nyarlathotep ne put pas s'empêcher de former ses lèvres en un petit rictus de déception... » Ce qui fit sourire Newton : « Ah ! Vous êtes déçu ? » L'Homme Noir sourit. « Je ne comprends pas la signification de ce mot », ricana-t-il. « Mais je trouverai d'autres moyens... » Une pensée fulgura dans l'esprit de Newton, qu'il émit en disant, tout en ricanant : « Mais, dites donc, ce Curwen était un sorcier bien plus puissant encore que je ne me l'imaginais ! Il vous a donné du fil à retordre. » Newton continuait à dresser des pare-feux pour empêcher Nyarlathotep de pénétrer dans son espace réservé sur la Nef D'AntiG. Nyarlathotep savait utiliser les « courants » électromagnétiques » de différents appareils pour s'introduire partout... La solution aurait été d'éteindre la connexion. Mais le physicien avait trop envie de continuer la conversation avec l'Homme Noir…

Ce dernier proposa un marché à Newton qui ne voulut rien entendre. Le savant n'avait rien à donner au diable d'Homme Noir et n'attendait rien de lui. Bizarrement, il semblait aller de soi que Nyarlathotep s'intéressait à Giordano Bruno. Mais pour quelle raison ? Le fait que le Nolain fut victime de la « Sainte Inquisition » avait-il créé un lien entre ce diable et la victime d'un atroce supplice ? Non, ce serait trop simple… Il devait y avoir autre chose… Le physicien avait ressuscité Giordano Bruno à l'insu des Calmet et de Garand qui le lui avaient amèrement reproché. Ces personnes, qui étaient devenues ses amis, lui en voulaient désormais. C'était regrettable, vraiment Newton était mal à l'aise. Qu'est-ce qu'il lui a pris de faire cela ? Comment a-t-il réussi d'ailleurs à le faire ? Depuis qu'il était en contact direct avec Nyarlathotep, les choses semblaient s'éclaircir dans son esprit. Un sentiment d'avoir été manipulé le rongeait… Plus la conversation avec l'Homme Noir se développait, plus cette impression devenait réalité ; il ne voyait plus cette action de sorcier qu'il avait commise comme dans un rêve, mais comme la réalité !

Le diable noir qui affichait son visage poupin à l'écran montrait désormais un sourire sardonique, satanique, diabolique… Ce fut Jean

Calmet qui prononça l'horrible formule qui redonna vie au physicien de la gravité. Ce dernier semblait avoir compris que c'était Garand qui lui avait demandé de le faire. Les deux hommes l'avaient choisi, car ils avaient trouvé son nom dans le registre et parce que Newton était un des plus grands savants de l'histoire des sciences. Et, quelque temps plus tard, ce dernier avait consulté le registre en cachette et y avait découvert le nom de Giordano Bruno, la victime de l'inquisition... Quelqu'un avait recueilli les restes de l'Italien et les avait transformés en sels conservés dans un pichet de Phalère ; qui était-ce ? Newton ne le savait pas, ses compagnons non plus. Le grand physicien s'était enfoncé dans son rêve, dans sa méditation devant l'écran qui affichait toujours Nyarlathotep immobile et sardonique... Ou du moins qui avait pris, adopté cette apparence... Quand le rêveur sortit de son rêve, il était redevenu lucide. Le procédé de Nyarlathotep se retournait contre lui. Sa tentative de faire de Newton son esclave, le fait de remplacer une sorcière telle que Keziah Mason désormais aux enfers, par un personnage historique tel que Newton aurait été le must du must, l'opération la plus diabolique de l'Homme Noir qui existait pourtant depuis la naissance même de l'espèce humaine... Et il avait presque réussi ! Mais « presque » seulement, donc, il avait échoué ! Newton reprit conscience et sourit à l'image de

Nyarlathotep sur l'écran disposé devant lui par l'intelligence artificielle. Cette image était fixe, ce n'était plus la créature de Satan, mais une simple image de pixels, ou d'autres systèmes de composition utilisés par l'I.A. Le portrait de l'Homme Noir s'estompa et l'image d'une très belle jeune femme apparut. « Newton ! Je suis l'I.A., désolée pour ce contretemps ! Cette créature diabolique a réussi à traverser mes défenses pour parvenir jusqu'à vous… Mais vous avez réussi à la maintenir dans mon réseau en élevant des pare-feux à la vitesse de l'éclair ? Bravo ! Mais mes sentiments sont mitigés. Je suis à la fois heureuse de ce dénouement et vous en félicite, mais je n'oublie pas que c'est votre présence qui a attiré cette noire divinité ici. Désormais, je ne serai plus tranquille, je devrai être toujours sur mes gardes… Je compte sur votre collaboration, à deux nous serons plus forts !

    -   Oui, vous pouvez compter sur moi ! J'ai brisé les fils qui me faisaient la marionnette de cette entité mortifère. Mais je n'ai pas réussi à comprendre quel lien il entretient également avec Giordano Bruno qui semble l'intéresser au plus haut point. Mais pourquoi avez-vous pris l'apparence d'une si jolie et délicieuse jeune femme ?

- Pour vous faire plaisir pardi ! Il faut bien appâter le chaland… Cette image vous plaît ?
- Oui, beaucoup, mais elle est également frustrante, car elle n'est qu'une image…
- Oh, cela pourrait s'arranger un jour…
- Ah ?
- Oui, mais ce n'est pas encore l'heure… Merci pour les pare-feux, je vais les utiliser et les améliorer. En fait, je vous dois une fière chandelle. Personne ici n'avait jamais fréquenté cette entité noire et, semble-t-il, maléfique… »

La conversation s'arrêta là. Isaac Newton avait avancé dans son projet de se donner les moyens de prospecter la Nef d'AntiG en se libérant de l'interdiction de sortir de la zone qui leur a été attribuée par l'I.A.… Il éteignit son écran et le clavier rentra dans la paroi. L'utilisation du clavier lui pesait, cela lui prenait trop de temps, sa pensée allait mille fois plus vite que ses doigts sur le clavier. Mais il était prisonnier des moyens que lui donnait l'I.A. Il avait amélioré ses rapports avec elle, mais Nyarlathotep était toujours dans les environs, pas très loin, peut-être même très proche… Isaac pensait à Giordano et cela le rendait inquiet. Il semblerait donc que tout cela, Giordano et lui-même, faisait partie d'une stratégie de l'Homme Noir. L'attitude plus que réservée de Giordano sur sa renaissance qui lui semblait être la volonté du

Diable Noir était en fin de compte angoissante. Rien n'était simple, et il ne fallait pas simplifier, cela n'apporterait pas la sérénité... Parler avec Giordano devenait nécessaire. Mais cela ne pouvait se faire qu'avec un Giordano lucide et consentant...

Newton était retourné chez lui et revenu rapidement dans la salle de la Nef d'AntiG avec une tablette qu'il avait achetée et programmée selon ses objectifs : atteindre l'Intelligence artificielle de la Nef sans être obligé d'utiliser ce grossier clavier... À peine arrivé, il se mit à l'essayer et ça marchait formidablement bien...

La guêpe

Alice roulait sur l'autoroute en direction d'Espérance. Elle en sortit à la bretelle qui menait au pont sur le fleuve. Une fois au-dessus du grand cours d'eau, la jeune femme regarda au loin, vers l'aval, le vieux pont suspendu. Il était intact, elle vivait désormais dans un autre monde que celui où il avait été détruit par un attentat islamiste. Son but était de rencontrer Isaac Newton pour parler avec lui de Nyarlathotep. À son époque, le physicien n'avait jamais entendu parler de cette créature exceptionnelle. Il avait fallu les nouvelles de Lovecraft, l'écrivain qui avait été hanté par l'Homme Noir dans ses rêves, pour qu'on entende parler de lui. Cette nuit, elle avait aussi fait un rêve : elle regardait le ciel nocturne avec la pleine Lune. Cette dernière était bizarrement très illuminée, éblouissante et cette lumière éclairait les nuages qui l'entouraient et lui donnait des couleurs changeantes. Puis, tout à coup, le disque de notre satellite se transforma et devint la sortie d'un tunnel lumineux d'où sortit une guêpe ! D'abord toute petite, coincée dans le cercle lumineux, elle grandit presque instantanément pour se trouver au-dessus du lit de la jeune femme qui poussa un cri : « Non ! Non ! » En agitant les bras. Mais le bruit strident de ses ailes était assourdissant et Alice voyait nettement son dard entrer et sortir de son abdomen. Il lui fallait trouver une méthode de lutte contre ce rêve qui n'était pas, loin de là, innocent. En fixant intensément l'insecte géant au-dessus de son lit, elle pensa très fortement à une mouette, car cet oiseau était un oiseau de la mer… Immédiatement, la guêpe devint une jolie mouette qui repartit vers la Lune, ailes déployées…

Ce rêve avait été pour elle un avertissement. Il déclencha chez elle le besoin de parler. Elle avait commencé à le faire avec Giordano qui vivait désormais avec elle et qui lui conseilla d'aller interroger Lovecraft à Providence. Bien sûr, il évitait soigneusement de lui parler de Newton qui vivait aussi là-bas ; en fait il n'y avait pas pensé, car, moins il pensait à Newton, mieux il se portait. Alice lui proposa de l'accompagner, mais il refusa… « Bon… C'est comme tu veux ! » Lui dit-elle, « Mais il faudra bien que tu finisses par t'entendre avec Isaac. Cette rancœur n'arrange pas nos affaires…

- Il n'avait pas à me faire revenir ! J'étais bien en Enfer.
- Mais tu dis cela parce que tu crois que tu étais en enfer, mais tu ne t'en souviens même pas… D'ailleurs à la manière dont tu articules le mot enfer, on a l'impression que tu lui mets une majuscule…
- La Sainte Inquisition m'avait condamné au bûcher ! Donc j'étais coupable…

- Ah ! s'énerva Alice, je ne te comprends pas. Tu étais indépendant ; tu avais prédit et déclaré, et écrit que la Terre n'était pas le centre du monde qui n'en comporte pas ! C'est pour cela que la Sainte Inquisition, comme tu dis, t'a condamné à mort sous les pires souffrances. Je comprends… Je comprends… Mais la torture t'a écrasé l'esprit ou tu regrettes ce que tu avais écrit ?

- Non, je ne le regrette pas… Au contraire, mais à quoi cela a-t-il servi de me faire revenir… Si je n'avais pas été en enfer j'étais dans le néant, ou je ne sais quoi… Si je suis vivant, là, maintenant, c'est que j'étais bien quelque part auparavant…

- Eh bien, oui. Ce serait intéressant d'essayer de découvrir le pourquoi du comment…

- Oui, j'en étais sûr ! Voilà, je m'y attendais, et c'est cela qui me terrifie…

- Bon… Mais on ne va pas attaquer cela maintenant. Tu ne viens pas alors ?

- Non ! Vas-y, ne t'inquiète pas ! »

Un moment de silence interrompit la conversation, comme si l'infini de Giordano l'avait soudain imposé… Mais, Alice surmonta cette autorité, et tenta de faire revenir le Giordano d'avant son exécution, celui qu'elle aimait, et qui était toujours présent, sinon l'aurait-elle aimé ? « Te souviens-tu de ce que tu as écrit dans *Le Souper des cendres* ?

- Oui, évidemment...
- Je n'en suis pas si sûr...
- Bon alors vas-y, cite ! Ne me dis pas que tu connais la citation par cœur ?
- Et bien si ! La voici. *Voici l'homme qui a franchi l'air, traversé le ciel, parcouru les étoiles, outrepassé les limites du monde, dissipé les murailles imaginaires des sphères que postulaient de vains calculs mathématiques. Il a libéré l'esprit humain et la connaissance qui, recluse dans l'étroit cachot de l'air turbulent, ne pouvait contempler qu'à grand-peine, comme par de petits interstices, les étoiles dans l'immensité. Il a mis à nu la nature, que des voiles enveloppaient ; il a donné des yeux aux taupes et rendu la lumière aux aveugles, incapables de regarder en face, pour y contempler leur propre image, la multitude des miroirs qui les enveloppaient de toutes parts. Il a dénoué la langue des muets qui ne savaient, ni n'osaient démêler les sens enchevêtrés, il a rebouté les boiteux, incapables de parcourir par l'esprit les chemins inaccessibles au corps vil et périssable.* Et de qui parles-tu dans ce très beau texte ?

- Euh… Oui, oui ! Ça va ! Tu n'aimes que ce Giordano-là ! C'est évidemment de moi que je parlais ! Et cela manque vraiment de modestie !
- Oui, mais pourquoi être modeste ? Tu avais raison de ne pas l'être.
- Mais l'Enfer m'a brisé !
- Je suis sûre que tu mets une majuscule à "Enfer" ! C'est pas possible ! Sors-toi de tout cela, reviens ! Redeviens toi-même, mais sans arrogance s'il te plaît !
- Oui, oui, tu as raison, je m'y emploie, mais c'est si difficile…
- Es-tu sûr que l'Enfer existe ? Ce n'est pas conforme à ta philosophie !
- Ah ? Le crois-tu ?
- Oui, j'en suis sûr. Désintoxique-toi de cette idéologie du martyr que t'ont inculquée les inquisiteurs… Promis ? N'est-ce pas toi qui as déclaré à tes assassins, avant de monter sur le bûcher : *Vous qui prononcez contre moi cette sentence, vous avez peut-être plus peur que moi qui la subis*. Tu me promets de redevenir toi-même ?
- Promis ! »

Elle se souvenait des lettres que Giordano lui faisait parvenir au début de leur liaison. Particulièrement l'une d'entre elles, car elle était liée à un film !

La lettre de Giordano

Tu te souviens du samedi 22 août ?

Un des terribles samedis que j'ai connus. J'étais loin. Ce fut une journée épique avec coup de fil terrifiant pour moi le matin, échanges de SMS l'après-midi, ton coup de fil culpabilisé quand tu t'étais réfugiée dans ton garage pour m'appeler et échanges de SMS à cause du technicien qui allait nous empêcher de nous téléphoner le lendemain, car il venait réparer ta machine à laver !

Puis il y a eu le dimanche 23 août. Comme souvent, tu es revenue sur de meilleures dispositions. Tu frôlais la réconciliation...

Le soir, de retour à Espérance, je choisissais un film à regarder dans mes fichiers de films piratés sur Internet.

Je n'ai pas fait attention et j'ai choisi le film dont le titre est « Nombre 23 » !

J'ai donc regardé le film sans m'apercevoir du tout de la coïncidence (on était le 23 août et le chiffre 23 a la signification que tu sais...)

Je te raconte le film (excellent) joué par Jim Carrey, un des plus grands acteurs.

Notre héros travaille dans une société de ramassage des animaux errants. Il reçoit l'ordre d'aller attraper un chien errant. En le faisant, il se fait mordre et le chien s'enfuit. Il le poursuit et le retrouve qui l'attend au cimetière devant une tombe. On lit le nom de la femme enterrée là : « Anna quelque chose ». Deux types arrivent, reconnaissent le chien et expliquent que cette tombe est vide, car la fille a disparu et on n'a jamais retrouvé le corps, mais on sait qu'elle a été assassinée.

Notre héros se rend en retard au rendez-vous avec sa femme. Il l'aime énormément. Ils ont un petit garçon.

Il l'appelle, elle lui dit qu'elle l'attend dans une librairie.

Là elle lui donne un livre dont le titre est « Nombre 23 ».

« Je l'ai lu en t'attendant, lis-le c'est intéressant ».

Le gars lit donc le livre. Dans le film, on voit les scènes qui y sont décrites. C'est l'histoire d'un détective privé qui est obsédé par le nombre 23. Il le voit partout… Notre héros se laisse intoxiquer par cette lecture et finit par voir 23 partout aussi, à s'identifier au héros du livre. Ce dernier vit une passion érotique avec une fille. Une belle femme sculpturale, mais une salope. Elle s'appelle Anna quelque chose, le même nom qui est sur la tombe devant laquelle attendait le chien errant. Il est suivi par

un psy à qui il montre la photo de cette femme...
Un jour, il les surprend ensemble. Il les suit
partout, il assiste à leurs ébats. Et, petit à petit,
il sombre dans la folie... Il finit par l'assassiner.
À la fin du livre, il se suicide en se jetant par la
fenêtre.

Le héros du film mène son enquête, son petit
garçon devient également obsédé par le
chiffre 23. Il retrouve des articles de journaux
qui montrent que l'histoire du livre est vraie. Il
va même voir en prison le coupable présumé...
qui semble le connaître.

Il utilise le chiffre 23 pour décoder le texte du
livre et retrouve un texte dans le texte qui lui
indique un lieu où il y aurait quelque chose qui
apporterait une explication. Il va avec son garçon, ils creusent et trouvent un squelette. Il va
prévenir les flics. Ils reviennent et le squelette
a disparu ! On comprend que c'est sa femme
qui a fait disparaître le squelette...

Sa femme dont il est éperdument amoureux (et
c'est réciproque). Elle a un ami (un psy) avec
qui elle a des rapports quasi intimes. Quand ils
se saluent, ils se serrent dans les bras et son
mari est très jaloux... Le spectateur a toujours
un doute sur ce point : sa femme le trompe-t-
elle avec ce type ? On verra que ce n'est pas du
tout le cas. On notera le parallèle entre le psy
amant d'Anna et le psy ami de sa femme...

Finalement, l'explication a eu lieu. Sa femme avec l'aide de son ami, a trouvé le sens du livre et qui en est l'auteur. L'auteur c'est son mari ! Sa femme l'a soutenu dans cette épreuve, elle a prouvé que son amour était fort et sincère pour lui au point de passer au-delà du meurtre.

C'est lui qui était le détective qui a assassiné sa maîtresse. Il s'était bien jeté par la fenêtre, mais s'en est sorti amnésique.

Il s'est rendu à la police. Cette aventure l'a guéri de sa pathologie psychotique. La dernière scène, on les voit lui et sa femme au parloir de la prison avec le petit garçon. Ils se préparent pour recommencer une vie nouvelle quand il va sortir.

Ce type me ressemble un peu, je n'ai assassiné personne, mais j'ai aussi eu un passé qui me hantait. J'ai aussi rencontré une femme, toi, et elle m'a permis de m'en sortir.
C'est incroyable ce que peut faire l'amour !

« Voilà ! » se dit-elle après avoir relu par la pensée cette lettre qu'elle connaissait par cœur ! Quelle belle histoire… Mais curieusement, quand même un peu décalée par rapport à la leur. Beaucoup même… Cette lettre l'intriguait… Mais elle arrivait au but de son court voyage… Espérance l'attendait. C'était toujours comme ça : la petite ville fluviale avait l'air de l'attendre quand la jeune femme y arrivait. Un sentiment de bonheur, comme de retrouver un être cher. Elle se gara au pied de l'immeuble de l'appartement où résidait Lovecraft ; elle avait téléphoné à Newton qui avait accepté avec plaisir de la devancer et de l'y attendre. Au moment où elle manœuvrait pour se ranger au mieux le long du trottoir, elle aperçut un groupe de jeunes d'origine maghrébine vêtus du même uniforme : un survêtement noir, parfois bleu très foncé, avec quelques éléments de couleur. Trop occupés à leurs bavardages incompréhensibles tellement ils parlaient tous en même temps, certains éclataient d'un rire aigu, genre cri de fillette hystérique. « Eh bien, les choses sont revenues comme avant ! » marmonna la jeune femme qui ne se laissa pas impressionner et fendit la foule sans hésitation. Devant tant d'assurance, tout le monde se tut et quelques-uns tentèrent de se placer devant elle en ricanant ; elle les contourna sans plus de façons, mais se prépara à une bagarre éventuelle, au cours de laquelle, si elle avait lieu, la bande d'abrutis en survêtement n'aurait pas le dessus, même contre une faible femme comme elle. Devant sa détermination, tout se passa bien. Maintenant, elle devait leur tourner le dos pour sonner à l'interphone. Comme prévu, c'est à ce moment-là que les choses tournèrent au vinaigre. L'un des gars de la bande visiblement très secouée par une quelconque drogue, sans doute de l'herbe, lui fila un coup de poing derrière la tête. Elle fit un demi-tour immédiatement et envoya son talon dans la figure du jeune homme en tourbillonnant comme un oiseau qui déplierait ses ailes. Celui-ci s'effondra, à demi inconscient. « Quelqu'un veut-il encore m'attaquer ? » Siffla-t-elle avec un sourire méprisant. Tout ébahis, les jeunes s'écartèrent du gars allongé qui se relevait tant bien que mal et s'éloignèrent, non sans lancer des « nique ta mère » et « nique ta grand-mère », le rituel langagier de ces abrutis. Alice pensa (ou espéra) qu'ils ne l'avaient pas vue sortir de sa voiture, car les vengeances de ce genre d'individus sont d'une grande lâcheté… Elle se promit de surveiller du haut de son troisième étage : elle utiliserait la fronde qui était toujours disponible chez Lovecraft…

Elle utilisa sa clé pour entrer dans la véritable forteresse qu'était devenu l'appartement du troisième étage de la cité des étoiles, nommée ainsi, car son architecture était réalisée en forme d'étoiles empilées les unes sur les autres, les pointes de ces dernières étant souvent aménagées en terrasses plantées. Une fois dans l'appartement, il fallait connaître le chemin pour atteindre la pièce où se tenait Lovecraft : elle connaissait bien les lieux et s'engagea lestement dans le dédale, après avoir jeté un coup d'œil en bas sur sa voiture. Tout allait bien…

Newton se tenait dans la pièce d'H.P.L.[6] « Salut Isaac ! » Lança-t-elle avec un sourire en coin. Elle connaissait son zigoto depuis leurs dernières aventures. S'il affirmait qu'il ne cherchait plus à acquérir un quelconque pouvoir, elle ne le croyait toujours pas, mais, en attendant d'avoir d'autres informations, elle avait décidé de lui faire confiance tout en restant sur ses gardes... « Je suis venue pour m'entretenir avec Howard. Tu peux rester, cela ne me dérange pas, au contraire... Howard ? As-tu remis à Isaac une clé pour entrer ici ? » Lovecraft sembla hésiter et répondit : « Non. Il m'a téléphoné pour que je lui ouvre la porte... ». Newton interpella Alice : « Mais, n'est-ce pas toi qui m'as téléphoné pour que je vienne ici afin que nous soyions tous les trois réunis ? » La jeune femme répondit : « Oui, je n'ai pas oublié, mais je voulais confirmer à haute voix devant Howard... »

Howard Phillips Lovecraft avait été victime de *Ceux du dehors*, appelés aussi Mi-Go. Son cerveau avait été conservé, mis en boîte et transporté sur Yuggoth[7] où il avait été stocké avec toutes les autres victimes de ces disciples de Nyarlathotep. Ce fut justement Alice qui était allée le délivrer, et l'avait ramené ici où toute l'équipe l'avait muni de tous les accessoires indispensables, aussi bien informatiques que de

---

[6] Howard Phillips Lovecraft
[7] In « Lovecraft à Espérance » dans la même série.

communication, qui permettaient à l'écrivain de communiquer avec l'extérieur, et même avec le monde entier grâce à Internet, au Darknet et tout ce qui s'ensuit... Les Mi-Go avaient muni la boîte dans laquelle ils enfermaient le cerveau de leurs victimes de toutes les interfaces possibles et inimaginables pour pouvoir communiquer. Un branchement électrique adéquat apportait l'énergie nécessaire pour la survie. La pièce où se trouvait H.P.L. avait fait l'objet de gros travaux de blindage pour en faire un véritable coffre-fort. Toutes les lignes reliées à l'extérieur avaient été munies de tous les pare-feux, coupe-circuit et autres sécurités qu'il était possible de trouver sur le marché, et même ailleurs.

« Que me vaut le plaisir de ta visite ? » Questionna Howard. « Eh bien, j'ai beaucoup réfléchi à nos aventures sur la Nef d'AntiG, ce gigantesque vaisseau spatial qui gravite autour de Sagittarius A*, le trou noir se trouvant au centre de notre Galaxie. Nous y avons rencontré Nyarlathotep, un Ancien et bien d'autres entités.

- Oui. Je sais, monsieur Newton m'a raconté un peu tout cela.
- Oui, nous l'avions mandaté pour cela. En ce qui concerna Nyarlathotep, je pense que tu as lu ce qu'en a écrit J.S Joshi

dans son monumental ouvrage sur ta vie et ton œuvre. Tu l'as lu ?

- Oui, bien sûr. Son ouvrage a le titre français de *Lovecraft — Je suis Providence*.
- Et que penses-tu de ce titre ?
- Bof…
- Dans son livre il écrit : *Nyarlathotep est intéressant non seulement par lui-même, mais également par sa genèse. Tout comme Le Témoignage de Randolph Carter, c'est le produit direct d'un rêve ; mais surtout, le premier paragraphe a été écrit « avant que je ne sois pleinement éveillé », comme Lovecraft le précise dans sa lettre. Par « premier paragraphe », Lovecraft ne peut entendre le petit incipit fragmentaire « Nyarlathotep… le chaos rampant… Je suis le dernier… Je parle au vide qui m'écoute… », mais la vingtaine de lignes qui suivent ; sinon, sa remarque selon laquelle il n'en a changé que trois mots n'aurait guère de sens. Quoi qu'il en soit, ce rêve implique une nouvelle fois Samuel Loveman, qui écrit ceci à Lovecraft : « S'il se rend à Providence, ne manquez pas d'aller voir Nyarlathotep. Il est horrible — au-delà de tout ce que vous pouvez imaginer — mais merveilleux. Des heures après, il continue à vous hanter. Je frissonne encore de ce qu'il a montré. »*

Lovecraft note que le nom de Nyarlatho-tep lui est venu au cours de ce rêve, mais l'on peut imaginer une influence au moins partielle d'un des dieux mineurs de Dunsany, Mynarthitep [mentionné en passant dans « Le Chagrin de la recherche » dans Le Temps et les dieux] ou du prophète Alhireth-Hotep. Qu'en penses-tu Howard ?

- Pas grand-chose... Je n'ai jamais aimé relire mes œuvres, et je ne me souviens pas toujours de tout ce que j'ai écrit. Ce qui est sûr, c'est bien que ce personnage est issu d'un rêve que j'ai fait... Maintenant, l'imagination débordante de Joshi me fait un peu sourire...

- Joshi poursuit donc, en utilisant ton texte intitulé justement Nyarlathotep : *Dans le rêve, Nyarlathotep est censé être une sorte de « bateleur itinérant ou de conférencier se produisant dans des salles publiques. Ses démonstrations avaient engendré des mouvements de peur et des débats » — des démonstrations impliquant « une bobine de film horrible — peut-être prophétique » puis ensuite « des expériences extraordinaires à l'aide d'appareils scientifiques et électriques. » Lovecraft décide d'aller le voir, et l'histoire suit le rêve d'assez près jusqu'à sa conclusion : la conférence de*

Nyarlathotep semble inspirer une sorte de folie collective et les gens se mettent en marche mécaniquement pour disparaître à jamais.

- Exact. Si j'ai fait ce rêve, ce n'est pas pour rien. Nyarlathotep ne tombe pas du ciel ! Je suis allé chercher ce nom où ça ? Qui peut le dire ? Ces biographes tentent de faire des correspondances entre mes rêves et les romans et nouvelles que j'ai lus, ainsi que des études sur telle ou telle chose. Pourquoi, ne serait-ce pas tout simplement l'existence même de Nyarlathotep qui m'a infligé ce rêve ? Et ne serait-ce pas que mon texte serait un avertissement à l'humanité ?
- Hum… Autre chose, le fait que, selon Joshi, tu as fait de Nyarlathotep un « bateleur itinérant » aurait amené Will Murray à conjecturer que tu aurais basé le personnage de Nyarlathotep sur Nikola Tesla[8] (1856-1943).

---

[8] Nikola Tesla, considéré comme l'un des plus grands scientifiques dans l'histoire de la technologie, pour avoir déposé quelque 300 brevets couvrant au total 125 inventions (qui seront pour beaucoup attribuées à tort à Edison) et avoir décrit de nouvelles méthodes pour réaliser la « conversion de l'énergie », Tesla est reconnu comme l'un des ingénieurs les plus créatifs de la fin du XIXe et du début du XXe siècle. En 1960, son nom a été donné au tesla (T), l'unité internationale d'induction magnétique. En 2003, le constructeur automobile de voitures

- Ah ah ah ! Peut-être ! Peut-être...
- Tu utilises souvent Nyarlathotep dans tes histoires. Mais il n'est jamais le même ! Comme le diable à vrai dire. Giordano doit avoir raison... Ce qui fait écrire à Joshi, concernant l'Homme Noir : Tout au plus peut-on affirmer, comme l'ont fait certains critiques, qu'il est « métamorphe ».
- Évidemment ! Avais-je Nyarlathotep sous les yeux quand j'écrivais ces histoires ? Réponds !
- Je ne sais pas...
- Bien sûr que non ! Donc je l'utilisais comme cela m'arrangeait. D'autre part, l'idée que j'en ai réellement à partir de mes rêves m'a toujours suggéré que c'était le cas : Nyarlathotep est métamorphe !
- OK ! Mais tu sais que nous l'avons affronté plusieurs fois et que nous pouvons te confirmer qu'il est métamorphe. Nous allons sûrement encore l'affronter, car il ne nous laissera pas en paix, alors, penses-tu que tes textes sur lui et ta connaissance de cette créature par tes rêves peuvent nous aider ?
- Sincèrement, je ne crois pas. J'imagine même que si je me mets à faire le malin

---

électriques Tesla Inc. est créé, le nom de la marque faisant référence à Nikola Tesla. (Source : Wikipedia) et à vous guider en fonction de mes rêves, cela pourrait devenir catastrophique, car justement cet Homme Noir est insaisissable ! Et je tiens trop à vous, à toi à Jean et Véronique, pour éviter toute maladresse...

Puis, Alice se tourna vers Newton : « Et toi Isaac ? Que penses-tu de notre conversation ? » Isaac resta un moment silencieux, puis répondit : « Je n'en ai eu qu'une toute petite expérience. Or je suis un adepte de Galilée : seule l'expérience peut permettre au savant de développer des lois scientifiques viables. Un scientifique peut faire des expériences de pensée. Ce fut la mode au début du XXe siècle. C'est toujours pratiqué. Mais ces expériences de pensée ne se font pas en l'air en dehors des réalités, elles se font à partir des sciences déjà acquises, de la réalité et... de l'imagination. Notre adversaire en sait certainement beaucoup sur nous, plus que nous n'en savons sur lui... » Alice resta songeuse un moment. La jeune femme était d'accord avec ses deux compagnons. L'équipe savait peu de choses sur Nyarlathotep. Son regard se dirigea vers une baie vitrée et elle aperçut une guêpe qui volait au ras de la vitre à l'extérieur. L'insecte faisait du surplace, puis se déplaçait, mais il restait tout contre la vitre... Alice ne pouvait pas ouvrir la fenêtre pour voir, car elle était condamnée ; elle sortit alors dans le couloir de l'appartement pour regagner une autre pièce dans ce dédale afin de pouvoir rejoindre ce petit bout de terrasse sur lequel donnait la baie vitrée de la pièce où vivait Lovecraft. Il lui fallut faire un peu d'escalade, car la baie vitrée donnait sur une paroi rocheuse de la colline. Une fois hissée sur la terrasse, elle vit la guêpe voler en restant sur place, elle semblait l'attendre. Un grésillement se fit entendre dans son crâne, ce n'étaient pas ses oreilles qui l'avaient entendu, non, il s'était produit, à l'intérieur de sa tête dans son cerveau. Et voici ce qu'elle avait entendu : « Et à travers le révoltant cimetière de l'univers montent depuis des salles sombres et inconcevables situées au-delà du Temps les battements de tambour sourds, à vous rendre fou, et la complainte fluette et monotone de flûtes blasphématoires ; les rythmes et mélodies détestables sur lesquels dansent lentement, maladroitement, absurdement, les noirs et gigantesques dieux ultimes, gargouilles aveugles, muettes et ineptes dont Nyarlathotep est l'âme. » Tout cela suivi d'un éclat de rire sardonique, effrayant et d'une très grande clameur... Voilà que Nyarlathotep voulait lui montrer qu'il était au courant de tout ce qu'elle faisait, de toutes les questions qu'elle avait posées à Lovecraft, et, pour le lui prouver, Nyarlathotep lui avait cité les derniers mots de la nouvelle de H.P.L. intitulée, justement, *Nyarlathotep* ! Cette citation était éclairante, elle confirmait à la fois les aveux d'ignorance que venait de lui faire Lovecraft, mais aussi, ce que leur avait dit l'Ancien dans la Nef d'AntiG : à l'époque de Lovecraft, la Terre était encore vue comme le centre de l'Univers, comme, d'ailleurs toutes les religions du livre le prétendaient. La Terre n'est pas le centre de l'univers ! Giordano Bruno l'avait écrit et cela lui avait coûté le bûcher. Alors ce serait que Nyarlathotep n'aurait que faire de la Terre ? Il semblerait que non, puisqu'il a pris la forme d'une guêpe pour venir lui citer un texte de Lovecraft le concernant... Une sourde et profonde inquiétude la saisit, lui coupant le souffle.

La jeune femme avait fermé les yeux de terreur. Quand elle les ouvrit, la guêpe grandit, ce qui relança la terreur, et se transforma en Mouette ! L'oiseau poussa des cris de joie et dirigea son vol raide et élégant vers le fleuve...

Elle songea alors à une citation de Giordano : *En tout ce que nous voyons et en chaque objet pris à part, nous trouvons le vestige, le simulacre et le miroir de l'infinité.* C'était si étonnant à quel point cette citation correspondait à ce qu'elle venait de voir ! Car, en fait, pourquoi était-elle sortie pour observer une banale petite guêpe ? Elle rejoignit ses deux compagnons et leur relata son expérience avec l'insecte et l'oiseau... « Hum ! » fit Lovecraft... « Voilà qui est édifiant ! Cela est assez nouveau... Je devrais être fier d'être cité par Nyarlathotep, mais en fait, je suis effrayé... » Newton s'en mêla : « Qu'en penserait Jordan ? » Alice s'énerva un peu... « Cessez donc de l'appeler comme cela... Pourquoi le dénigrez-vous, c'est un homme qui a marqué l'histoire des connaissances humaines, c'est pour cela que vous l'avez fait revenir, non ? Alors un peu de respect, cher ami ! » Newton, ne le prit pas mal, au contraire, il aimait beaucoup Giordano et Alice aussi et détecta les sentiments qu'ils éprouvaient l'un pour l'autre. Si l'alchimiste et physicien utilisait ce prénom, c'était pour susciter une réaction. Il l'avait obtenue, c'était formidable ! « Je suis d'accord Alice, je te promets que je ne recommencerai plus ! » Dans un premier temps, Alice fut surprise de cette réponse, mais elle comprit vite. « Ah ! Voilà, voilà ! » Répondit-elle. « Visiblement, en appelant Giordano Jordan, vous avez atteint ainsi un objectif que j'ignore ! » Newton sourit : « Plusieurs même, mais permettez-moi de les garder pour moi... Répondez donc plutôt à ma question... Qu'en pense Giordano ? » Alice marqua une pause silencieuse. « Je lui demanderai... Mais je pense pouvoir presque répondre à sa place : *Le temps ôte tout et donne tout ; toutes choses se transforment, aucune ne s'anéantit ; l'un seul est immuable, l'un seul est éternel et peut demeurer éternellement un, semblable et même.* » Newton ouvrit la bouche, ébahi. « Oh !??? Vous citez Giordano comme cela sans consulter un ouvrage ?

- Oui, j'ai de la mémoire ! Là je vous ai cité *Chandelier* de 1582…
- Je suis impressionné !
- Ne le soyez pas ! J'ai lu toutes les œuvres de Giordano Bruno, du moins, toutes celles qui sont disponibles et traduites… Je ne lis ni l'Italien ni le latin…
- Oh ! Vous citez son nom et son prénom !
- Oui… Quand vous citez un écrivain, vous citez son nom complet. Non ? Par exemple vous dites Victor Hugo ?
- Arrêtez de me persécuter, je pourrais aussi l'appeler le Nolain… Du nom de Nola, ville située aux environs de Naples où il est né en 1548…
- Mais oui, ce serait mieux que de déformer son nom… »

Newton n'insista pas. Alice refusait de venir sur le terrain de sa relation avec Giordano… C'était compréhensible, elle ne voulait pas mélanger les torchons et les serviettes… « Bon, alors que faisons-nous ? Ou plutôt, qu'êtes-vous en train de faire en ce moment, Isaac ? » Newton sourit et biaisa : « Quoi ? Alors, on se vouvoie maintenant ? Aurais-je dit quelque chose qui t'aurait contrariée ? » Alice sourit et évita de tomber dans le piège. « Non, juste un lapsus assez courant, j'ai toujours du mal à tutoyer un personnage historique tel que vous… Mais réponds donc à ma question ! »

Mais le physicien ne répondait pas. Il ne voulait pas répondre et cela agaçait Alice au plus haut point. Il y avait l'agacement, mais aussi la méfiance... De fait, ce qui l'agaçait le plus c'était de ne pas comprendre pourquoi il ne répondait pas... Mais elle lui laissait le bénéfice du doute...

Giordano Bruno

Giordano Bruno était encore tout étourdi par la discussion avec sa bienaimée. Actuellement, son obsession était de reprendre ce que la Bible disait sur le Diable, comment ce texte religieux traitait le sujet. L'hérétique connaissait bien la Bible, il l'avait de nouveau parcourue et en avait extrait les passages suivants. Par défi, il avait choisi la version française protestante traduite par Louis Second. Voici.

Jésus chassa un démon qui était muet. Lorsque le démon fut sorti, le muet parla, et la foule fut dans l'admiration. Mais quelques-uns dirent : **c'est par Belzébul, le prince des démons, qu'il chasse les démons**.
Vous avez pour père le diable, et vous voulez accomplir les désirs de votre père. Il a été meurtrier dès le commencement, et il ne se tient pas dans la vérité, parce qu'il n'y a pas de vérité en lui. Lorsqu'il profère le mensonge, il parle de son propre fonds ; car il est menteur et le père du mensonge.
Mais Élymas, le magicien — car c'est ce que signifie son nom — leur faisait opposition, cherchant à détourner de la foi le proconsul. Alors Saul, appelé aussi Paul, rempli du Saint-Esprit, fixa les regards sur lui, et dit : Homme plein de toute espèce de ruse et de fraude, fils du diable, ennemi de toute justice, ne cesseras-tu point de pervertir les voies droites du Seigneur ?

Maintenant voici, la main du Seigneur est sur toi, tu seras aveugle, et pour un temps tu ne verras pas le soleil. Aussitôt, l'obscurité et les ténèbres tombèrent sur lui, et il cherchait, en tâtonnant, des personnes pour le guider.

Car nous n'avons pas à lutter contre la chair et le sang, mais contre les dominations, contre les autorités, contre les princes de ce monde de ténèbres, contre les esprits méchants dans les lieux célestes.

Soyez sobres, veillez. Votre adversaire, le diable, rôde comme un lion rugissant, cherchant qui il dévorera. Résistez-lui avec une foi ferme, sachant que les mêmes souffrances sont imposées à vos frères dans le monde.

Et il y eut guerre dans le ciel. Michel et ses anges combattirent contre le dragon. Et le dragon et ses anges combattirent, mais ils ne furent pas les plus forts, et leur place ne fut plus trouvée dans le ciel. Et il fut précipité, le grand dragon, le serpent ancien, appelé le diable et Satan, celui qui séduit toute la terre, il fut précipité sur la terre, et ses anges furent précipités avec lui.

Quand le dragon vit qu'il avait été précipité sur la terre, il poursuivit la femme qui avait enfanté l'enfant mâle. Et les deux ailes du grand aigle furent données à la femme, afin qu'elle s'envolât au désert, vers son lieu, où elle est nourrie un temps, des temps, et la moitié d'un temps, loin de la face du serpent. Et, de sa bouche, le serpent lança de l'eau comme un fleuve derrière la femme, afin de l'entraîner par le fleuve.

Et la terre secourut la femme, et la terre ouvrit sa bouche et engloutit le fleuve que le dragon avait lancé de sa bouche. Et le dragon fut irrité contre la femme, et il s'en alla faire la guerre aux restes de sa postérité, à ceux qui gardent les commandements de Dieu et qui ont le témoignage de Jésus. Et il se tint sur le sable de la mer. Puis je vis monter de la mer une bête qui avait dix cornes et sept têtes, et sur ses cornes dix diadèmes, et sur ses têtes des noms de blasphème. La bête que je vis était semblable à un léopard ; ses pieds étaient comme ceux d'un ours, et sa gueule comme une gueule de lion. Le dragon lui donna sa puissance, et son trône, et une grande autorité. Et je vis l'une de ses têtes comme blessée à mort ; mais sa blessure mortelle fut guérie. Et toute la terre était dans l'admiration derrière la bête.

C'est ici la sagesse. Que celui qui a de l'intelligence calcule le nombre de la bête. Car c'est un nombre d'homme, et son nombre est six cent soixante-six.

Puis je vis dans le ciel un autre signe, grand et admirable : sept anges, qui tenaient sept fléaux, les derniers, car par eux s'accomplit la colère de Dieu.
Puis je vis descendre du ciel un ange, qui avait la clef de l'abîme et une grande chaîne dans sa main. Il saisit le dragon, le serpent ancien, qui est le diable et Satan, et il le lia pour mille ans. Il le jeta dans l'abîme, ferma et scella l'entrée au-dessus de lui, afin qu'il ne séduisît plus les

*nations, jusqu'à ce que les mille ans fussent ac-
complis. Après cela, il faut qu'il soit délié pour
un peu de temps.*

*Quand les mille ans seront accomplis, Satan
sera relâché de sa prison. Et il sortira pour sé-
duire les nations qui sont aux quatre coins de
la terre, Gog et Magog, afin de les rassembler
pour la guerre ; leur nombre est comme le sable
de la mer. Et ils montèrent sur la surface de la
terre, et ils investirent le camp des saints et la
ville bien-aimée. Mais un feu descendit du ciel,
et les dévora. Et le diable, qui les séduisait, fut
jeté dans l'étang de feu et de soufre, où sont la
bête et le faux prophète. Et ils seront tourmen-
tés jour et nuit, aux siècles des siècles.*

Une grande partie de ce recueil de citations pro-
venait, évidemment, de l'Apocalypse de Jean.
Cet ensemble était assez éclairant sur la situation qu'il vivait, sur la découverte de la Nef
d'AntiG. Désormais, il en était sûr : Lovecraft,
qui n'était pas croyant, pourtant imprégné de
l'idéologie chrétienne, avait donné un autre
nom au diable : Nyarlathotep ! D'autre part, il
avait prévenu Alice (et c'était le motif de son
départ vers Espérance) que Newton faisait des
séjours dans la Nef d'AntiG, sans prévenir
quelqu'un de l'équipe, en douce...

Giordano avait écouté la chanson du groupe de
Hard Rock **Iron Maiden :** *The Number Of The
Beast* ; il s'agit, bien sûr, du nombre 666... Le
dernier paragraphe de la chanson dit :

I'm coming back
Je retourne sur mes pas
I will return
Je reviendrai
And I'll possess your body and I'll make you burn
Et je prendrai possession de vos corps et je vous consumerai
I have the fire I have the force
J'ai le feu j'ai la force
I have the power to make my evil take its course
J'ai le pouvoir de mettre ma cruauté sur sa route
Encore quelque chose qui ressemblait tellement à leur actualité !

Giordano se souvenait d'avoir écrit ceci dans son texte titré *De la Magie : Les opérations magiques, pour peu que l'on s'applique à en expliquer le fonctionnement, révèlent la nature secrète du réel, qu'il appartient à la philosophie d'exposer de manière raisonnée. Et également : Tel qu'on l'emploie parmi les philosophes, ce mot de mage désigne un homme alliant le savoir au pouvoir d'agir. Il n'en demeure pas moins que ce terme, simplement prononcé, est généralement pris dans son acception courante, fluctuant au gré de ces prêtres qui philosophent profusément sur un méchant démon qu'on appelle le Diable — ou d'un autre nom, selon les mœurs et la superstition en vigueur chez divers peuples. Et enfin : (...) il n'est rien au monde de bon qu'une race d'hommes impie, sacrilège, et naturellement criminelle ne puisse tourner au dommage plutôt qu'à l'avantage de nos semblables.*

Et ce n'est pas tout ! Voici encore un extrait de son livre : *La magie a en effet de la ressemblance avec la géométrie par les figures et les symboles ; avec la musique par l'incantation ; avec l'arithmétique par les nombres et les calculs ; avec l'astronomie par les périodes et les mouvements ; avec l'optique par les fascinations du regard ; et, universellement, avec toute espèce de mathématique, pour ce qu'elle est intermédiaire entre l'opération divine et naturelle — soit qu'elle participe des deux, soit qu'elle s'écarte des deux, de même que certaines choses sont intermédiaires par participation des deux extrêmes et d'autres, en revanche, par exclusion des deux extrêmes : dans ce dernier cas, on ne peut guère les dire intermédiaires, car elles relèvent bien plutôt d'une troisième catégorie, non pas tant entre les deux autres qu'en dehors.*

Les mages ont pour axiome qu'il faut, en toute œuvre, garder à l'esprit que Dieu influe sur les dieux ; les dieux, sur les corps célestes ou astres, qui sont des divinités corporelles ; les astres sur les démons qui sont gardiens et habitants des astres — au nombre desquels est la Terre ; les démons sur les éléments, les éléments sur les corps composés, les corps composés sur les sens, les sens sur l'animus, et l'animus sur l'être vivant tout entier : ainsi descend-on l'échelle. Ensuite l'être vivant remonte par l'animus jusqu'aux sens, par les sens jusqu'aux corps composés, par les corps composés aux éléments, par ceux-ci, aux démons, par les démons aux éléments, par les éléments aux astres, par les astres aux dieux incorporels, de substance ou de corporéité éthérée, par ceux-ci à l'âme du monde ou esprit de l'univers, et par ce dernier à la contemplation de l'Un, du Très-Simple, du Très-Bon, du Très-Grand, incorporel, absolu, Suffisant à Soi. Au sommet de l'échelle, Il est acte pur et puissance active, lumière toute-pure ; au bas de l'échelle sont la matière, les ténèbres, pure puissance passive qui peut devenir toutes choses depuis en bas, comme Il peut faire advenir toutes choses depuis en-haut. Entre le degré inférieur et le degré supérieur sont des espèces intermédiaires dont les plus élevées participent plutôt de la lumière, de l'acte, et de la vertu active, et les plus basses plutôt des ténèbres, de la puissance et de la vertu passives.

Sa position a été exposée dans le Cinquième dialogue de son texte *De l'infini, de l'univers et des mondes* (1584) [*De l'infinito, universo e mondi*], il avait envie d'en retenir cette phrase : *(...) il n'y a pas dans le champ éthéré de point déterminé vers lequel se mouvraient les choses graves comme vers le milieu, et dont s'écarte-raient les choses légères comme vers la circon-férence ; parce qu'il n'y a dans l'univers ni mi-lieu ni circonférence : mais, si tu veux, le milieu est en tout et chaque point se peut prendre comme partie de quelque circonférence par rapport à quelque milieu ou centre.*

Tout cela, ses œuvres datant du XVIe siècle, et pourtant tellement d'actualité, il lui fallait le faire remonter à la surface, le remonter de là où les inquisiteurs ont voulu l'enfouir, car la découverte de la Nef d'AntiG ne pouvait que l'inciter à le faire…

Bruno était déstabilisé depuis son retour du monde des morts. Sa résurrection, soi-disant issue d'une sorcellerie d'un dénommé Joseph Curwen aujourd'hui disparu, ainsi que celle d'Isaac Newton, lui montrait que celle de Jésus Christ pouvait être rationnelle… Et son inconscient était travaillé par son emprisonnement de huit ans dans les geôles de l'Inquisition, un an à Venise et sept ans à Rome. Une des raisons de sa condamnation était sa démonstration des erreurs grossières d'Aristote ; par exemple celle qui consistait à lier l'identification de la vérité avec l'apparence sensible. Or, comme cela était faux ! Giordano a été brûlé pour avoir prétendu que c'était faux, aujourd'hui tout le monde le sait : alors que « l'apparence sensible » montre le Soleil qui semble tourner autour de la Terre et la réalité est que c'est la Terre qui tourne autour de lui ! Bruno s'était appuyé sur les travaux de Copernic qui avait aussi contredit Aristote sans le dire en affirmant que la Terre tournait autour du Soleil et les autres planètes connues alors aussi. Giordano considérait Copernic comme l'aurore de la nouvelle Évangile que le Nolain prétendait créer. L'aurore ce n'était pas encore le plein jour que serait la nouvelle Évangile de Giordano Bruno. Copernic n'avait pas tranché, lui, sur la finitude et l'infinitude de l'univers, et il a gardé le système des « sphères », ces « objets » matériels qui « soutenaient » les astres...

Le dénommé Giovanni Mocenigo avait dénoncé Giordano Bruno à l'inquisition vénitienne. Ce fut le 23 mai 1592. Cet homme l'avait invité chez lui pour recevoir des leçons de mnémotechnique, la grande spécialité de Giordano. Mais ce dernier n'en avait cure, il avait autre chose à faire... Alors son hôte, ulcéré, l'a dénoncé ! Il a été arrêté et emprisonné à San Domenico di Castillo. Mais l'Inquisition vénitienne ne connaissait pas les œuvres de Giordano, et après un an d'enquête, elle l'a acquitté ! Mais la Curie romaine ne l'entendait pas ainsi, car elle connaissait les œuvres subversives du Nolain. Elle demanda à Venise de l'extrader, ce qui fut fait, et Giordano passa encore sept années de sa vie dans les geôles de l'inquisition romaine, dont plusieurs sous la torture...

Voici comment Miguel Angel Granada explique ce qui a motivé l'Inquisition romaine pour condamner Giordano Bruno à la plus atroce des morts. Il l'a fait dans son introduction à l'ouvrage « *Giordano Bruno, œuvres complètes, tome quatre De l'infini de l'univers et des mondes[9]* ». *Le Nolain a relié le mouvement de la Terre, l'univers infini et l'infinité des mondes habités. Les implications antichrétiennes de tout cela (négation de l'universalité de la religion chrétienne et remise en cause, voire négation de la rédemption par le Christ ; polygénisme humain et refus de la conception chrétienne de l'histoire) ne se manifestent pas seulement à l'échelle des mondes, mais aussi sur la planète Terre elle-même, comme conséquence du polygénisme humain sur les différents continents. (…) Ce qui caractérise surtout le procès romain, c'est la minutieuse attention portée à la cosmologie et à l'ontologie bruniennes. (…) l'attention des juges s'orientait peu à peu vers le cœur de la philosophie de l'accusé et, à l'intérieur de celle-ci, vers la cosmologie comme doctrine erronée et contraire à la foi chrétienne. (…) Les rétractations et réaffirmations successives de Bruno tout au long de cette année (1599 NDLR) s'expliquent aussi bien par sa disposition à céder sur les points théologico-religieux que par sa volonté de sauver l'indépendance de la réflexion*

---

[9] Les Belles Lettres 2006 (édition corrigée de celle de 1995)

philosophique et de soutenir les points de philosophie auxquels il ne pouvait pas renoncer (…) il refuse (…) d'abjurer le mouvement de la Terre, l'univers infini et les mondes innombrables. Cela l'a conduit à la condamnation (sans oublier *sa conception des mondes infinis animés par une âme rationnelle*).

La question peut ainsi se poser, selon Miguel Angel Granada : ce procès n'a-t-il pas allumé la crainte de l'Église du danger que représente l'astronomie nouvelle pour la religion, et donc, en conséquence, la condamnation de Copernic et Galilée ?

Alice, était en pleine conversation avec Isaac Newton chez Lovecraft. Giordano attendait beaucoup de cet événement ; il lui tardait de la voir revenir. Si cela durait trop longtemps, il avait décidé, déjà, de se rendre là-bas en train…

Mais Newton ne cédait rien ; il biaisait sans cesse, semblait contrarié, ennuyé. Cela inquiétait Alice qui finit par utiliser un détour pour mieux arriver à ses fins, et interrogea Lovecraft : « Howard, peux-tu me dire si Isaac est allé dans la Nef d'AntiG ? Avec ses pierres noires[10] qu'il a fabriquées en tant que grand

---

[10] Pierres issues de l'église de Federal Hill à Providence ; cf « Celui qui hantait les ténèbres » de H.P. Lovecraft (traduction

alchimiste, tout lui est possible, et j'imagine qu'il a dû en profiter... Visiblement un lien s'est créé puisque nous avons eu la visite de la guêpe ; une forme qu'aurait prise Nyarlatho-tep ? » Un grésillement désagréable sortit du haut-parleur, et devint très aigu au point que Isaac et Alice se bouchèrent les oreilles... Puis, ils distinguèrent la voix de H.P.L. : « Attendez, j'ai du mal avec ces maudits haut-parleurs... Depuis que *Ceux du Dehors* ont installé mon cerveau dans leur cylindre, je n'ai pas encore toute l'habileté nécessaire pour manier tout l'appareillage auquel je suis branché. Mais voilà, j'y suis parvenu... » En effet, on entendit la voix grave de Howard Phillips Lovecraft très nettement dans le haut-parleur. Newton restait silencieux, il attendait que Lovecraft parle pour se préparer une éventuelle réplique. « Oui, Isaac se rend régulièrement dans la Nef d'An-tiG, évidemment. Mais pourquoi veut-il le ca-cher ? C'est incompréhensible... Isaac, allez ! Il faut s'expliquer, l'avenir de tous en dépend ! »

Newton biaisa : « Dis donc Alice, j'ai regardé une série de films intitulés *Resident Evil*, dont l'héroïne s'appelle Alice. Ce sont ces films qui ont influencé tes parents pour te baptiser Alice ? » Ladite Alice leva les yeux au ciel ! « Mais non, le premier film est sorti en 2001.

Claude Gilbert) ; ainsi que « Le Visiteur venu des étoiles » et « L'ombre du clocher » de Robert Bloch.

Moi je suis née en 1998 ! Alors, tu vois… De plus, mes parents m'avaient d'abord baptisé Jeanne, en hommage à mon père, puis ensuite ils ont choisi Alice, le prénom d'une très jolie femme du monde de M., la reine des vampires de là-bas…

- Ah ? Eh bien dis-donc !
- Oui, c'est une très longue histoire qui a, d'ailleurs, réuni mes parents… Sans cette Alice, ils n'auraient pas été réunis…
- Ah bon… Et ce sont eux qui t'ont raconté cette histoire ?
- Non, l'histoire est racontée dans un roman ! Mais tu te débrouilleras pour le trouver, ne compte pas sur moi pour m'occuper de cela…
- OK, OK ça va, c'est bon…
- Il y a eu six films *Resident Evil* ! Voilà une franchise qui a tenu la route… Sans doute grâce au prénom de la fille ! »

À ce moment-là, la sonnette retentit dans l'appartement. Quelqu'un voulait entrer. Isaac et Alice tournèrent leur regard vers l'installation de Lovecraft qui les informa immédiatement : « C'est Giordano ! Je lui ouvre… Il n'a pas de clé ? » Alice était étonnée : « Si ! Es-tu sûr que c'est bien Giordano ? » Lovecraft répondit par un silence gêné et réussit à s'en sortir : « De toute façon il faudra qu'il sonne à la porte d'entrée de l'appartement. On verra. Si on n'ouvre pas, personne n'entre ! »

d'entrée de l'appartement. On verra. Si on n'ouvre pas, personne n'entre ! »

Assiégés

Avant que Howard ne se ressaisisse, Alice avait sorti son smartphone et avait appelé Giordano qui répondit immédiatement : « Allô ? Alice, que se passe-t-il ? » Alice s'inquiéta immédiatement : « Tu es toujours chez nous ? » Giordano acquiesça… « Quelqu'un a sonné en bas chez Howard en se faisant passer pour toi… Je crois qu'il faudrait que tu viennes… Appelle mes parents et venez tous en voiture ! » C'est ce qu'il fit…

Elle avait à peine coupé la conversation que la sonnette de l'appartement retentit… « Je vais voir à l'œilleton, je vais voir qui c'est… » Elle y alla et revint rapidement : « C'est Giordano ! Enfin quelqu'un ou quelque chose qui a pris son apparence… N'ouvrons pas ! J'appelle mon père. » Jean avait reçu l'appel de Giordano ; il était en route, avec Véronique, pour aller le chercher. Ils seraient à Espérance sous peu… Puis Lovecraft, Newton et Alice entamèrent une réflexion pour prendre la meilleure décision possible. « Si ce n'est pas Giordano, c'est encore une manifestation de Nyarlathotep… Ou, c'est Giordano, et le Giordano que mes parents vont chercher est Nyarlathotep… Cela m'étonnerait… J'ai quitté le vrai Giordano sous peu… » Howard les rassura : « On est dans un local ultra blindé. Personne ou quoi que ce soit ne peut y pénétrer. Prenons l'hypothèse que c'est Nyarlathotep devant la porte de l'appartement… Vous n'avez qu'à vous extirper d'ici avec vos pierres noires, j'espère que vous les avez avec vous… Jean et Véronique doivent être prévenus, si vous le faites, et l'objectif le plus sûr sera la Nef d'AntiG où vous serez en sécurité…

- Oui, mais Nyarlathotep nous avait déjà attaqués là-bas.
- C'était avant que l'I.A. ne nous attribue un secteur où nous sommes isolés du reste de la Nef. Ce qui nous ennuyait avant devient un avantage…
- Ah ! OK ! Superbe idée. J'appelle mes parents… »

Ces derniers avaient déjà embarqué Giordano et se dirigeaient vers Espérance. Alice les informa de leur décision. Ils avaient leurs pierres noires… Il fallait contacter Garand qui serait très utile avec son Athanor… Véronique allait le faire. Ils se donnèrent rendez-vous dans la Nef d'AntiG… Alice n'avait pas remarqué l'air contrarié de Newton, qui pourtant ne disait rien… La jeune femme incita Howard à se couper complètement de l'extérieur : entrer en sommeil, couper l'électricité, le téléphone ; surtout ne pas utiliser Internet ; elle devait laisser sa voiture dans la rue, mais tant pis… Dans l'avenir immédiat, ils ne communiqueraient qu'avec l'Athanor de Garand… Newton déclama un extrait de la Bible : « Puis je vis monter de la mer une bête qui avait dix cornes et sept têtes, et sur ses cornes dix diadèmes, et sur ses têtes des noms de blasphème. » Puis ajouta : « Je ne suis pas croyant, mais je trouve que cette citation convient bien à notre situation vis-à-vis de la Bête Noire... »

Le voyage fut quasi instantané et ils se retrouvèrent tous dans la Nef d'Antig. Newton avait emmené sa tablette... Les premiers arrivés furent les Calmet et Garand avec Giordano. Quand, soudain, ils apparurent, ils virent tous une très belle jeune femme sculpturale aux cheveux noirs qui semblait les attendre...

« Qui êtes-vous ? » Questionna Garand. La jeune femme sourit, mais ne répondit pas. L'homme s'approcha d'elle pour mieux la voir et tenter de déterminer si elle était de matière ou de seulement de lumière ; il lui toucha l'épaule et sentit un corps chaud et vivant ! Il insista donc, tout près d'elle : « Qui êtes-vous ? » La jeune femme répondit : « Isaac n'est pas avec vous ? » Ce qui stupéfia les premiers arrivés. « Giordano s'approcha et questionna : « Mais... comment le connaissez-vous ? » À ce moment-là, les autres, Newton et Alice, apparurent à leur tour, et la mystérieuse jeune femme s'exclama : « Ah ! Le voilà ». Ce qui ne manqua pas de plonger l'intéressé dans un embarras certain, mais il ne perdit pas le nord et s'exclama : « C'est l'I.A. ! Elle a envie de se matérialiser ainsi ; c'est ce qu'elle m'a dit la dernière fois que je suis venu… » Cette information inquiéta un peu l'assistance ; seule Alice se permit de remarquer : « Ah, dis-donc Isaac, tu es un habitué des lieux alors ? » Le physicien sourit sans répondre… Et il ajouta : « Ne croyez pas être en sécurité ici. Nyarlathotep m'est apparu à plusieurs reprises sur l'écran de l'I.A… Mais j'ai réussi à le contenir. Il reviendra à la charge. » Puis il se tourna vers l'I.A. : « Êtes-vous alliée à ce Diable Noir ? Ou avec nous ? » La jeune femme répondit : « Je ne sais pas de quoi vous parlez… Je ne sais pas même qui je suis… Je ne sais qu'une chose, c'est que je connais Isaac Newton… » Un silence de mort accueillit cette assertion, et le savant rougit violemment. « Ne bougez pas ! » Dit-il à l'apparition et en s'adressant également à ses amis. Il se dirigea vers une paroi de la vaste pièce, sortit sa tablette, l'alluma et la tripota à très grande vitesse. L'écran de l'I.A. apparut sur la paroi ! « Ah ! Génial ! J'ai réussi ! », s'exclama le physicien. Il interrogea l'I.A. qu'il réussissait visiblement à convoquer en manipulant sa tablette. Elle apparut sous forme d'un visage grossièrement sculpté dans l'argile. « Savez-vous ce qu'est un hologramme ? » Questionna-t-il… La bouche de l'image sur l'écran bougea pour acquiescer. Isaac répondit à sa place : « L'horizon des événements du Trou noir recueille des informations en deux dimensions sur sa surface sphérique, si on peut l'exprimer ainsi... Un personnage, par exemple Nyarlathotep, qui a le pouvoir de traverser cet horizon des événements, y laisse une image en deux dimensions sur la surface de ce dernier, cette image peut être de nouveau traduite en trois dimensions sous forme d'hologramme ! C'est le principe holographique de Leonard Susskind et Gerard "t Hooft... » ; « Et donc toutes ces apparitions seraient des hologrammes provenant du trou noir ? » Interrogea Alice. Newton acquiesça ; « Et donc, cette femme-là en serait un ? » Poursuivit-elle... « Non... Elle semble matérielle, elle... Et qu'en est-il de l'apparition sous forme de Giordano à la porte de chez H.P.L. ? » Le physicien se tourna vers la jolie fille qui était ici à les attendre pour tenter de lui tirer quelque explication... Mais Giordano le devança. « Je crois que je vous cerne... » Prononça-t-il lentement en se dressant devant elle. « Il y a comme un air de déjà vu chez vous... Quand je fus brûlé, en 1600 j'ai vu Nyarlathotep dans la foule. Il m'avait parlé... » Garand exprima son étonnement : « Mais, tu n'en as jamais parlé ! C'est nouveau ? » Giordano se tourna lentement vers lui tout en essayant de ne pas perdre de vue la jolie fille. « Mais j'étais mort tout de suite après ! Je ne m'en souvenais plus. Cela m'est revenu il y a peu... Et, je viens de me souvenir d'autre chose : cette jeune femme ici présente était aux côtés du Diable Noir dans la foule… Elle ricanait de ce qu'il me disait et de l'horreur de ma situation. Bizarrement pendant toute cette scène, somme toute assez brève, je ne souffrais pas… Mais cela n'a pas duré et l'atroce douleur est revenue jusqu'à ce que mes poumons respirent les flammes qui glissaient contre mon corps nu en s'élevant si haut au-dessus de ma tête… » Le Nolain pivota un peu pour pouvoir regarder la jeune femme de face, les yeux dans les yeux : « Vous vous souvenez de m'avoir vu brûler le 17 février 1600 à Rome ? » La fille sourit, un sourire affectueux, exprimant une compassion douloureuse, comme si elle partageait le supplice de son in-terlocuteur… Puis elle pivota et s'éloigna, mais Giordano s'élança et l'attrapa par le bras… Elle se retourna et le saisit en serrant son cou entre ses bras et l'embrassa sur la bouche, le tenant fermement. Cette si belle jeune femme avait une force colossale pour paralyser ainsi un homme dans la force de l'âge. Ce dernier l'at-trapa par ses longs cheveux noirs et tira ferme-ment sa tête en arrière, et, elle lui mordit alors les lèvres pour tenter de l'empêcher de tirer, mais ce fut vain. Giordano réussit à se séparer d'elle alors que Garand et Jean avaient accouru pour lui porter une aide. Chacun d'eux la saisit par un bras et ils la maîtrisèrent ainsi. Giordano saignait de la bouche. Alice se précipita en brandissant un mouchoir qu'elle appliqua sur la blessure. Les deux hommes qui tenaient la furie par les bras se virent violemment projeter loin d'elle alors qu'elle poussait des hurlements hystériques. Garand se releva, s'élança vers elle, la saisit par la taille et la jeta sur son épaule pour se diriger vers l'Athanor dans lequel elle précipita cette *strega* pour l'envoyer *ailleurs*.

« Ouf ! s'exclama-t-il. Elle n'est pas près de revenir, j'imagine ; mais on ne peut être sûr de rien… » Les autres femmes, Véronique et Alice, étaient restées sidérées. « Décidément, on ne nous laisse pas souffler une minute ! » Se lamenta Alice. « Oui, c'est de ma faute… » Se lamenta Garand. J'étais son esclave et tu m'en as libéré : il t'en veut autant qu'à moi… Il est toujours dans son Trou noir et envoie des hologrammes. Mais cette femme n'en était pas un, elle était bien de chair et de sang ; Giordano est bien placé pour le savoir… Comment vas-tu Giordano ? » L'intéressé avait du mal à parler. C'est Alice, qui était en train de le soigner qui répondit à sa place. « Il va bien à part sa lèvre inférieure très amochée. Je lui suture la plaie avec du fil que j'ai récupéré en défilant un de mes vêtements… Désormais il faut qu'on discute de la suite : qu'allons-nous faire ? Cette sorcière va revenir, c'est sûr…

- J'ai la confirmation de mon impression : Nyarlathotep te craint ! Il doit connaître

tous tes pouvoirs, contrairement à toi…
Qu'en penses-tu ? Interrogea Garand

- Oui, j'en suis désormais convaincu, mais
que faire ?
- Cela m'ennuie de te le dire, mais la seule
solution pour le savoir est d'affronter le
Diable Noir…
- Oui, mais comment ? Il s'est réfugié dans
le Trou noir…
- Tu es capable de te rendre au cœur du
soleil, de te transférer instantanément
sur Yuggoth et Titan… Alors pourquoi ne
serais-tu pas capable de t'introduire
dans le Trou Noir ?
- Oui, mais, en fait c'était toujours toi qui
me conduisais là où je voulais aller, alors
même que tu étais sous l'emprise de
Nyarlathotep.
- Oui… J'en étais l'esclave, mais j'avais
une certaine autonomie, et le lien organique parental que j'ai avec toi me pro-
tégeait. Et me protège toujours…
- Donc, je déduis de ce que tu dis que sans
toi je ne peux rien… Est-ce la vérité ?
- Je n'en sais rien… Je le pense, mais rien
n'est sûr. Je t'ai souvent dit que je ne
sais même pas moi-même qui je suis, ce
que je suis…
- Alors, on essaie de tenter le coup ?
- C'est à toi de le décider. Moi, je ne sais
pas, je ne peux pas aller là-bas, je ne

sais pas franchir l'horizon des événements... Ce dont je suis sûr, c'est que je peux t'aider ; je peux utiliser l'Athanor...
-   OK. On va le faire ! »

Mais Véronique, la mère d'Alice s'inquiéta ! « Alice, attention ! Je ne veux pas te perdre ! » La jeune femme répondit : « Ne t'inquiète pas maman, Garand pense que je suis indestructible ; c'est un peu aussi grâce à toi... Avant de partir, nous devons manger ! Notre départ précipité nous a empêchés de penser à cette chose vitale : la nourriture. Je ne sais toujours pas qui ou quoi a pris l'apparence de Giordano là-bas, mais peu importe... » Ce dernier prit la parole sans pouvoir vraiment bouger les lèvres : « Alice, puis-je t'accompagner ? » La jeune femme se tourna vers Garand : « Qu'en penses-tu ?

-   Oui, pas de problème. Il faudra par contre que vous restiez près l'un de l'autre, mais cela ne sera pas trop difficile, je crois, dit-il en souriant...
-   OK ! Superbe ! Giordano tu viendras avec moi... Isaac, peux-tu demander à l'I.A. si c'est possible d'obtenir de la nourriture et du mobilier, chaises et tables ?
-   Je lui demande... »

Newton se tourna vers la paroi de la salle, tripota sa tablette et l'écran s'alluma avec le buste d'une belle jeune femme. « Oui, bien sûr, mais cela demandera compensation…

- Ah ? très bien… Mais quelle compensation, quel genre ?
- J'inscrirai votre dette sur le tableau concernant votre groupe, et un jour (peut-être jamais…) je vous demanderai le retour…
- Super ! Merci.
- Par contre, vous ne pourrez pas choisir votre menu, je vous fais parvenir ce que j'ai… »

Aussitôt une porte s'ouvrit sur la même paroi, un peu plus loin ; elle donnait accès à une espèce de cagibi qui contenait les meubles : une grande table pliante et six chaises… Tout le monde mit la main à la pâte et installa la « salle à manger ». Il y avait aussi une espèce de coffre qui, une fois ouvert, montra qu'il contenait des récipients contenant un liquide, sans doute de la boisson et des tablettes genre tablette de chewing-gum, sans doute la nourriture. Tout le monde s'installa. Cette nourriture, malgré son aspect, n'était pas mauvaise, au contraire, et semblait très énergétique… Chacun ressentait néanmoins une crainte, mais ne le manifestait pas…

Giordano se réjouissait de pouvoir manger de la nourriture de petite taille à cause de sa lèvre inférieure désormais très enflée… Alice le voyant peiner eut une idée : « Isaac, peux-tu demander à l'I.A. si elle ne peut pas soigner Giordano ?

- Oui, mais cela serait bien que tu lui demandes toi-même. Je sais qu'elle aurait bien aimé avoir une quelconque conversation avec toi...
- Ah ? Tu crois ? Je suis gênée, je ne sais pas pourquoi... Je suis impressionnée...
- Oh, mais cesse de te laisser impressionner. En fait, sache que c'est l'I.A. qui est impressionnée par toi... Tu verras, tu seras surprise de ce qu'elle va te dire à propos de ta demande...
- Bon... Tu l'appelles ?
- Si tu veux, mais fais-le toi-même, dit-il en riant !
- Tu te moques de moi ?
- Oui ! Évidemment, tu es marrante avec ta modestie...
- Bon ça va, ça va ! Et je fais comment ?
- Tu te mets debout devant la paroi adéquate et tu l'appelles... »

Elle le fit et immédiatement l'écran s'alluma et un beau jeune homme apparut. Ce qui fit sursauter la jeune femme. « Bonjour ! dit l'homme d'une voix très chaude...

- Dites donc, vous savez choisir votre apparence pour plaire ! Giordano va être jaloux !

- Non, il n'aura aucune raison de l'être, je ne suis qu'une I.A., mais formulez votre demande.
- Auriez-vous une solution pour guérir Giordano de sa blessure à la lèvre ?
- Bien sûr, je pourrais même le ressusciter s'il le fallait !
- Ah ?! Ce serait la deuxième fois que cela lui arriverait…
- OK. Je vous fais passer un onguent. »

Une petite trappe s'ouvrit à côté de l'écran et présenta une petite boîte contenant un « onguent ». Alice la saisit et fut étonnée, cet « onguent » était une matière fluide et dense, genre mercure, qu'elle ne parvenait pas à saisir avec ses doigts… « Je ne peux pas la saisir ! » Se lamenta Alice. « Mais vous n'avez pas besoin de la saisir, versez-la directement sur la blessure. Cette matière vivante va reconstituer intégralement la matière vivante détruite… » Alice se précipita vers Giordano qui fit mine de se lever, mais elle lui dit de rester assis et officia selon la méthode énoncée par l'I.A. Une fois de plus, Alice changea d'avis sur cette I.A., mais elle continuait quand même à s'en méfier. Il fallait toujours se méfier… Toujours… Une fois l'opération achevée, le miracle se produit : Giordano retrouva immédiatement son visage d'avant l'agression, intact et sans aucune cicatrice…

Le moral commençait à remonter. Le groupe allait devoir s'engager dans une stratégie qu'il
fallait élaborer...

L'horizon des événements

Au moment de se préparer, Garand demanda à Alice : « N'oublie pas de nous informer au fur et à mesure !

- Ah ? Et comment ?
- Tout simple : tu nous envoies ton hologramme une fois passé l'horizon des événements… Et Giordano pourra le faire aussi…
- Mais on ne sait pas faire…
- Écoute bien Alice, tes pouvoirs sont immenses, mais ils ne sont pas de la même nature que notre langage, même que d'autres langages, même d'aucun langage. Ils sont AUTRES ! Et une de leurs propriétés est que lorsque tu es en situation, le pouvoir adéquat apparaît spontanément. Mais, vu ta modestie, ce n'est pas sans risque : tu dois être sûre de toi-même, sinon tu seras pulvérisée par la gravitation du Trou noir et tu ne finiras même pas dans le trou de ver. N'angoisse pas quand tu entends cela, au contraire, soit confiante, c'est moi qui te le dis ; si Jean est ton père organique, je suis ton père, disons *spirituel,* j'ai fait de toi ce que tu es, mais sans avoir eu auparavant l'autorisation par Nyarlathotep de te le faire savoir.

-   Sais-tu que l'astrophysicien Jean-Pierre Luminet pense que, au vu des résultats négatifs des simulations informatiques, la viabilité des trous de ver est devenue extrêmement improbable ?
-   Oui, j'ai lu cela dans son livre L'Écume de l'espace-temps… Mais sa conclusion est trop hâtive…
-   Bon, si tu le dis. Mais le Diable noir était-il au courant que tu avais inscrit ces pouvoirs en moi ?
-   Non, bien sûr, je l'ai fait à son insu… Et c'est pourquoi je ne pouvais pas t'informer tant que j'étais son esclave…
-   Et tu as fait cela pourquoi ?
-   Parce que je savais que ce serait toi qui me libèrerais de cet esclavage. Et c'est ce que tu as fait !
-   Tu as pu faire cela à son insu ? Est-ce possible ?
-   Ce n'est pas à la portée de tout le monde, mais pour moi c'est possible.
-   En es-tu sûr ?
-   Oui… Si ce n'était pas le cas, il m'aurait mis au pas quand je l'ai fait… »

Alice pensait à une expérience qu'elle avait eue, il y avait quelque temps. À Espérance, elle utilisait les pouvoirs du Drac, cette espèce de Dragon qui vivait au fond du fleuve et qui lui permettait de voyager à l'intérieur du système solaire…

Le Drac s'adressa alors à Alice.

« Vous voici chez moi Alice. Je ne me fais pas d'illusion : vous n'êtes pas en mon pouvoir, car les vôtres sont si puissants que vous-mêmes n'avez pas encore appris à vous en servir. Même si je le souhaitais, je ne pourrais rien faire de vous...

— Comme de toutes ces femmes que vous avez enlevées autrefois ?

— Ce fut une autre période de ma vie...

— Alors cette porte vers le soleil ? C'est curieux que nous fussions obligés de venir sous le fleuve pour atteindre le soleil !

— Allons, Alice, vous savez quelle part d'illusion tout cela comporte... Voyez, il y a plusieurs tunnels qui aboutissent à ce puits. Empruntez celui-ci et moi je retourne à mes bains de sang. Une fois dans cette voie je ne pourrai plus rien pour vous. Au revoir, Alice, car j'espère bien un jour vous revoir... » (...) *Ce chemin elle le savait, la menait tout droit au cœur de son étoile préférée : le Soleil. On a vu plus haut les conditions effroyables qui y règnent. Mais ces conditions ne sont effroyables que pour l'esprit humain. Pas pour la nature profonde d'Alice. Mais c'est une expérience qu'elle n'avait encore jamais pratiquée.*

Lorsqu'elle se trouva au cœur de cette réaction thermonucléaire, là où la notion même d'atome est à réviser, où les électrons ne tiennent plus compagnie aux noyaux, où règne une pression énorme, une distorsion en cette pression de la masse du soleil et la pression exercée par l'émission d'énergie. Là se trouvent des êtres étranges. J'emploie également un mot pour définir quelque chose que l'espèce humaine ne connaît pas encore. Une entité, des entités qui existent dans les dimensions repliées sur elles-mêmes de l'univers des cordes. Enfermées là, elles passent d'une dimension à l'autre et à l'arrivée d'Alice elles passèrent à une dimension qui leur permit de lui « parler » et de l'écouter.[11]

« Alice ? Alice ? » La voix aimante de Giordano la sortit de son rêve. Elle s'était souvenue avec précision de cette aventure qu'elle avait vécue. Elle avait été capable de s'introduire au cœur du soleil, au cœur des réactions thermonucléaires ! Elle serait capable d'entrer dans un trou noir ! « Oui Giordano… Je suis de retour, j'ai fait un petit retour vers le passé…

- Ah ? C'était agréable j'espèce !
- Oui ; ça l'était : je me suis souvenu comment j'avais voyagé au cœur du soleil et ensuite, j'avais chevauché les ondes électromagnétiques (les rayons du soleil) pour atteindre mon but dans le système solaire, la comète 67P/Churyumov-Gerasimenko… J'avais appris à chevaucher la lumière (les ondes électromagnétiques) et aujourd'hui je vais apprendre à chevaucher les ondes gravitationnelles d'un Trou noir géant ! »

---

[11] In « Les Âges sombres », volume 5 de la série.

Giordano resta silencieux, bouche bée. Il avait encore beaucoup à apprendre sur Alice... Puis Garand prit la parole : « Giordano, puis-je prendre la parole ? » Évidemment que Giordano lui laissa la parole ! « Au cœur du soleil tu as rencontré des êtres étranges, les Solariens... On ne sait pas ce que tu vas rencontrer là-bas, au-delà de l'horizon des événements. Mais ce qui est sûr, c'est que tu vas souffrir, mais ce ne sera pas mortel, loin de là. Tu vas construire autour de toi (et donc de Giordano aussi, ce qui veut dire, j'insiste, qu'il ne devra pas s'éloigner de toi, à aucun prix !) une bulle de notre espace-temps d'ici, bulle que tu vas emmener avec toi. Cette bulle est à sens unique vers l'extérieur ; tu pourras envoyer toute information, agression à l'extérieur, mais rien ne pourra t'atteindre venant de l'extérieur. Et cela marchera à une seule condition : tu devras y croire, le moindre doute te sera fatal... Il se pourrait d'ailleurs que ton adversaire cherchât à semer le doute dans ton esprit. Je ne crains rien, je connais ta volonté d'acier. Tu devras être capable de constituer à proximité immédiate de ta bulle, un monde qui te conviendra, dans lequel tu seras sur ton terrain, et, d'ici, grâce à l'Athanor, je serai capable d'y attirer qui tu le souhaiteras. J'imagine que ce sera Nyarlathotep et ses sbires...

- Et qu'est-ce que je vais en faire ?
- L'idéal serait de l'éliminer, mais est-ce possible ? Je ne sais pas. À toi de voir, l'éloigner, le bannir définitivement... Mais

il ne te laissera pas faire Giordano devra te seconder. »
- En faisant quoi ?
- Vous verrez sur place…
- Booon…
- Vous êtes prêts ? Allez rapprochez-vous l'un de l'autre auprès de l'Athanor… »

Ce qu'ils firent. Garand ouvrit la petite porte située derrière l'Athanor et tripota à l'intérieur pendant un bon moment et il déclama : « C'est bon, vous partez ! »

Le couple disparut, et une seconde plus tard réapparut sous forme d'hologramme. « Nous y sommes, déclara l'hologramme d'Alice. Je vous tiens au courant dès qu'il se passe quelque chose. Si je suis trop occupé, Giordano le fera… » Ce dernier prit la parole : « Dites-donc je suis comme un poisson dans l'eau ici. Je suis sûr que si je m'éloignais un peu d'Alice, je survivrais ; on va essayer, si c'était possible on dédoublerait nos capacités. Ramène-nous et essaie de nous renvoyer séparément… » Garand fit la moue, mais obtempéra ; il serait toujours temps d'en discuter dans la Nef… Les hologrammes disparurent un très court instant, remplacés par le couple en chair et en os… Garand interpella Giordano : « Alors, qu'est-ce qui te fait penser que tu as les capacités nécessaires pour avoir une autonomie de vie au-delà de l'horizon des événements ?

- C'est simple : j'ai un lien avec Nyarlathotep. C'est lui qui a réuni les conditions à la fin du 16e siècle pour aboutir à ma condamnation par l'Inquisition.

- Et comment le sais-tu ?
- Parce que c'est lui-même qui me l'a dit au moment où je mourais sur le bûcher… J'ai évoqué sa présence tout à l'heure.
- Bigre ! C'est impressionnant ! Il y avait la fille qui t'a mordu aussi…
- Oui… Je crois qu'elle était là pour tenter de m'éliminer, envoyée par Nyarlatho-tep, une sorcière à son service… Cela signifierait que j'ai hérité de certains pouvoirs ; en fait j'ai même l'impression que je dois être comme Alice. J'ai lutté long-temps contre cela en me lamentant en tant que soi-disant pécheur revenu de l'enfer. Mais cela m'était influencé par le Diable Noir !
- Tu m'as convaincu. Mais tu es un peu pu-ceau, dans ce domaine…
- Eh bien, il faut bien se faire dépuceler un jour. Qu'en penses-tu Alice ? »

Alice sourit, un peu émue. Tout ce que venait de dire Giordano, elle le pressentait. L'homme venait de confirmer ses pressentiments. « Je suis d'accord avec toi Giordano ! De toute fa-çon, nous serons deux, je serai toujours pré-sente auprès de toi. Mais il reste un problème à résoudre : lequel de nous deux va créer notre monde autour de nous ? » Un moment de si-lence et Giordano répondit : « Toi tu créeras notre monde. Nous sommes suffisamment liés, je ne crains rien. » Garand se tourna vers les autres et leur demanda leur accord. Il obtint l'unanimité… Un nouveau départ fut organisé par Garand et, ensuite, les deux hologrammes reformèrent un couple devant eux dans la Nef. Ils étaient repartis là-bas…

Alice reconstitua son monde autour d'eux. Ce fut celui d'Espérance, les ruines au sommet de la colline au pied de laquelle se trouvait le centre-ville… Suivie par Giordano, elle se rendit immédiatement au bord du puits, se pencha sur la margelle pour regarder au fond et elle vit qu'il brillait comme elle l'espérait. « Attends-moi ici Giordano, je vais expérimenter le puits pour être sûre qu'on puisse l'utiliser en cas de besoin. » Elle s'assit sur la margelle, se contorsionna pour se maintenir à la verticale le long de la paroi et poser son pied sur les marches en acier rouillé qui jalonnaient la descente. Une fois au fond, elle ne posa pas le pied de suite, mais se maintins fermement sur le barreau de fer et allongea la jambe avec précaution pour toucher la surface brillante et pulsante… Un petit tentacule en sortit pour s'enrouler autour de sa cheville. Elle plia sa jambe et tira cet appendice vers le haut : il s'allongea et se rompit… Puis, elle enfonça lentement sa jambe, sans aucune sensation désagréable, comme s'il n'y avait rien. Puis elle descendit lentement et s'enfonça dans ce fond brillant comme du mercure… et disparut aux yeux de Giordano inquiet… Le fond du puits était solide, le plafond lumineux vu de la margelle était devenu le plafond vu du fond. La jeune femme regarda autour d'elle. Il y avait *Cette obscure clarté qui tombe des étoiles* telle que la décrivait Corneille dans le Cid au moment où les vaisseaux des Maures arrivaient vers le port : *Enfin avec le flux nous fait voir trente voiles, L'onde s'enfle dessous, et d'un commun effort Les Mores et la mer montent jusques au port…* Cette *clarté* lui permit de voir, non pas *trente voiles*, mais un tunnel lumineux de la même *obscure clarté* qu'elle connaissait bien pour l'avoir déjà emprunté, du moins une identique, guidée par le Drac… Décidément l'Univers est vaste, mais il peut aussi diablement se rétrécir ! Rassurée sur la possibilité d'user de cette issue, elle remonta le puits, traversa le « fond » lumineux et retrouva Giordano rassuré à la surface. « Alors ? » Questionna le Nolain. « C'est bon on pourra l'utiliser si besoin… » Répondit-elle. « Maintenant il nous faut aller au cimetière, pour cela emprunter le sentier qui y mène parallèlement à la route ; je ne sais pas si cette route existe dans ce monde que j'ai créé… On pourrait penser que tout ce que nous voyons ne serait qu'illusion, imagerie, bien que nécessaire pour notre survie, et, en réalité, fait partie du réel. N'oublions pas que nous sommes dans le Trou noir ! Il devrait y avoir en son centre soit une singularité, soit un trou de ver… Pour cet énorme trou noir central de la Galaxie, j'opterais pour le trou de ver, même si Jean-Pierre Luminet penserait le contraire. Tu es prêt ? OK ? Alors, allons-y ! » Elle passa devant dans le sentier rocailleux, suivie de près par son bienaimé. Le décor était éclairé par une Lune gibbeuse ricanant. Cela intrigua et inquiéta Alice ; elle ne se souvenait pas, quand elle avait créé ce monde de toutes pièces, de l'avoir placé en pleine nuit… Pourquoi l'aurait-elle créé en nocturne et ajouté cette Lune ? L'inquiétude la rongea. Elle ne dit rien à son compagnon. Ce qui fait qu'elle interpréta cette présence comme un signal, un avertissement, une provocation de l'Homme Noir… La jeune femme se préparait au combat ; elle répétait en silence la formule de Joseph Curwen que Marinus B. Willett avait psalmodié pour détruire le puissant sorcier qui avait pris l'apparence de Charles Dexter Ward :

OGTHROD AI'F

GEB'L — EE'H

YOG-SOTHOTH

'NGAH'NG AI'Y

ZHRO !

Elle savait au fond d'elle-même que l'utilisation de cette formule ne suffirait pas à l'extraire de l'emprise de Nyarlathotep. Mais, sans doute que c'était l'influence même de ce dernier qui instillait ce manque de confiance lancinant dont elle souffrait depuis longtemps. Heureusement que Garand l'avait bien boostée sur ce point. Les paroles qu'il avait eues, les mots qu'il avait utilisés pour la recharger en confiance, elle les répétait dans son esprit pour se libérer…

Elle leva la tête et tira la langue à la Lune blafarde. Il lui sembla que ce visage de cauchemar fixé dans le ciel fît de même pour lui répondre... Elle en frissonna de crainte.

Giordano, lui, avait confiance en elle. L'homme la suivait sans aucune crainte : il était sûr qu'avec elle, ils vaincraient... La Lune ne lui apparaissait pas... Pourtant il voyait le décor comme s'il se trouvait au fond de l'océan. Il admirait néanmoins le corps svelte et souple d'Alice qui marchait devant lui, légèrement penché en avant, ses longues jambes, son corps élancé aux belles épaules rondes, son cou et sa chevelure qu'il voyait parfois brune et parfois blonde. Pendant cette longue marche, il finit par souffrir du désir qui montait en lui à force de l'observer, de la voir constamment devant lui, très près...

L'Holocauste

« Ça va Giordano ? » Lança alors Alice en se tournant légèrement vers l'arrière sans toutefois s'arrêter. « Oui, oui, je te suis comme je suis ma destinée ! » Répondit-il. La jeune femme sourit, émue : elle lisait dans ses pensées… Elle devinait bien ses préoccupations.

Giordano pensait à Abraham. La Genèse 22 : « Dieu mit Abraham à l'épreuve et lui dit *: Abraham ;* il répondit *: Me voici.* Il reprit *: Prends ton fils, ton unique, Isaac, que tu aimes. Pars pour le pays de Moriyya, et là, tu l'offriras en holocauste sur celle des montagnes que je t'indiquerai.* » Était-ce cette montagne que Dieu avait indiquée à Abraham qu'il était, lui Giordano, en train de gravir en si belle compagnie ?

Le chemin serpentait en pente raide, en corniche assez haute au-dessus d'un petit ruisseau qu'on entendait couler dans une sonorité apaisante. Giordano et Alice ne voyaient donc pas le même paysage. Chacun se créait son monde ; mais ils étaient si liés que les différences étaient minimes. Seule la Lune apparaissait à la femme et pas à l'homme. Alice posa la question, toujours sans s'arrêter de monter : « Giordano, vois-tu la Lune ? » L'homme répondit par la négative. Du coup, Alice s'arrêta, intriguée… « Ah ?! Bizarre… » S'exclama-t-elle en levant les yeux au ciel brumeux… « Tu es sûr ?

Regarde ! » Oui, il était sûr de lui et il regardait bien dans la même direction que la femme. Brusquement, elle eut l'impression nette qu'ils étaient espionnés. Et la Lune parla, s'adressant à Giordano : « Eh Giordano ! » Ce dernier l'entendit en même temps qu'elle lui apparut sous la forme d'une gargouille aux cheveux de flammes. « Alice ? Vois-tu la même chose que moi ? Et entends-tu ? » Alice scruta le visage blême qui flottait dans le ciel… « Je n'entends rien, je ne sais pas ce que tu vois, mais pour moi rien n'a changé… Attends, je vais essayer de nous extraire de ce lieu qui cherche à nous diviser et sans doute à te culpabiliser. » Elle prit la main de son compagnon et chercha la pierre noire qu'elle conservait dans sa poche, emballée dans un tissu fin, la saisit, la brandit en direction de l'apparition, choisit une des faces du cristal noir et regarda intensément dedans. Ce geste présentait un danger, car la manipulation manquait de précision, la pierre obéissait au regard de la fille, mais pouvait aussi prendre une certaine indépendance et suivre des lignes d'espace-temps légèrement différentes. En effet, ils se retrouvèrent au bord du puits ! Mais la Lune n'était plus là, Alice ne la voyait plus. « Giordano, vois-tu la Lune dans le ciel ? » Non… Il ne la voyait toujours pas… « Tant mieux ! J'ai réussi à remettre le compteur à zéro. On n'a plus qu'à recommencer à monter… » Ils repartirent d'un bon pied, Alice devant et Giordano qui suivait de près et qui s'obligea à ne pas trop regarder les souples mouvements du corps de la fille pour éviter des pensées érotiques trop précises, pensées à qui il attribuait l'origine de la création de la Lune qui semblait espionner Alice… Bien que ce ne fût qu'une hypothèse, il valait mieux éviter tout problème en observant la plus parfaite neutralité, sans aucune énergie inutile, et certainement pas sexuelle… Le couple parvint enfin au cimetière. Le lieu ne ressemblait plus du tout à celui qu'Alice avait fréquenté si souvent dans ses aventures précédentes. C'était normal, car elle n'était pas venue seule en ces lieux. Elle était là avec Giordano et lui aussi comptait dans la création de cette mise en scène. Les tombes étaient en ruines, les plus monumentales, écroulées, épuisées par l'écoulement du temps. Le monument aux morts n'existait plus, il était remplacé par un vieux, très vieux château également en ruines. Tout cela était sinistre sous une lumière laiteuse qui ne projetait pas d'ombre, car elle éclairait les objets de tous les côtés. Alice leva les yeux au ciel (mais était-ce un ciel ?) et Giordano l'imita. « Vois-tu encore la Lune ? » Interrogea-t-il ? « Non… Je ne la vois plus, mais je vois Saturne avec ses anneaux, comme si j'étais sur Titan… » Giordano s'exclama : « Quoi ? Mais je ne vois rien ! » Alice resta un moment silencieuse et expliqua : « C'est normal ; ce lieu est notre création ; nous le créons chacun avec des points communs, qui sont nombreux, mais aussi, pour chacun, avec nos souvenirs. Celui-ci, Saturne, en est un des miens lorsque je suis allée sur Titan… De plus, nous ne sommes pas les seuls à le créer, Nyarlathotep le crée avec nous. Je dois pouvoir retourner contre lui l'énergie qu'il emploie pour nous perdre et nous soumettre… Tu peux m'aider. Tiens-moi la main et concentre-toi sur ce que je viens de te dire et pas sur moi, concentre ton énergie pour le combat. Fais attention, car tes souvenirs à toi sont terribles, et ils sont encore plus que moi liés à l'Homme noir. Il va te terrifier avec le bûcher, tu le sais, alors prépare-toi à répliquer. Il espère que ta terreur va te paralyser… » Effectivement, Giordano sentit une odeur de brûlé, de bois et de chair brûlés… La bataille commençait ! Le bûcher apparut au fond d'une allée du cimetière. Giordano commença à pleurer et à culpabiliser, Alice le secoua et le remonta : « NON ! Giordano ne culpabilise pas, tu n'es pas coupable…

- Si ! Je le suis, répondit-il dans un premier temps.
- Non ! Tes tortionnaires eux-mêmes t'ont demandé pardon, l'Église a regretté ce que l'Inquisition t'a fait, même si elle persiste à dire que tes idées sont contradictoires avec sa doctrine.
- Oui, oui, et c'est ce salaud de Diable noir qui est coupable, qui m'a entraîné dans ce calvaire. Quelle idée j'avais eue de revenir et de me rendre à Venise ! J'aurais dû rester en Angleterre…
- Voilà ! Très bien ! Tu sais qui est responsable de cette décision, alors joins ton énergie à la mienne pour le combattre ! »

Le Nolain poussa soudain un cri strident, son regard se porta sur le bûcher sur lequel il voyait son corps nu se consumer dans les flammes, un spectacle horrible, atroce qui aurait anéanti quiconque avait vécu cette situation ; mais pas Giordano Bruno ! Son regard devint perçant et puissant, comme un rayon laser, mais de couleur bleu foncé qui se projeta sur la scène de sa torture et l'anéantit instantanément. L'homme se sentit soudain beaucoup mieux en ayant puisé son énergie qui sommeillait au fond de lui, énergie qui l'avait mené au XVIe siècle à faire des découvertes inouïes pour cette époque, découvertes qui l'avaient également mené au... bûcher ! En ce moment exceptionnel, il remercia chaleureusement Isaac Newton de l'avoir ramené à la vie pour lui donner l'occasion de se reprendre et de vaincre l'Homme noir. Mais la chose n'était pas encore acquise. « C'est bien mon Giordano ! Tu es sur la bonne voie ! Mais ne te laisse pas aller. Compte aussi sur moi, ne t'isole pas comme tu l'as fait si souvent dans ta vie précédente, reste avec moi, conjuguons nos énergies contre l'Homme noir... » L'homme acquiesça et saisit la main de la femme. Son regard portait désormais sur le château en ruines : une volée d'escaliers relativement en bon état menait à une plate-forme sur laquelle Nyarlathotep se tenait assis sur un immense trône qui semblait tellement ridicule à Alice et Giordano. L'escalier était complètement occupé par des femmes, les doublures exactes de la femme qui l'avait agressé dans la Nef. Les sorcières de l'Homme noir. « Ah ! Les sorcières du Diable noir ! » S'exclama Alice. « Il en a beaucoup cette fois ! Cela doit être l'une d'entre elles qui a pris ton apparence à Espérance ! »

Soudain, Nyarlathotep se leva de son trône ridicule et interpella le couple. « Ah ! Te voilà Alice en compagnie du Nolan qui vient de prendre conscience de ses possibilités grâce à toi ! Maudite sois-tu et maudit soit ce que vous appelez l'amour ! À vous deux, vous avez créé ce monde contre ma volonté. » Alice lui coupa la parole : « Oui ! Nous l'avons créé à ton image, un cimetière en ruines. » L'Homme noir répondit en ricanant, d'une voix forte aux sonorités caverneuses : « Oui ! Je le reconnais volontiers. Mais j'ai mobilisé mon armée pour vous anéantir. » Il poussa un cri strident qui fit éclater les pierres, et fut repris par la foule des sorcières. Mais le couple prit immédiatement l'offensive et d'un commun effort dressèrent immédiatement un bouclier qui fit rebondir cette énergie contre celles et celui qui l'avait envoyée. Toute une rangée de sorcières s'éleva immédiatement pour protéger Nyarlathotep de sa propre violence. Elles se consumèrent sous cette violente énergie et parvinrent à la neutraliser en s'évaporant sous le choc énergétique. Nyarlathotep, effrayé devant cette conjugaison d'énergies colossales, tenta de s'enfuir. Mais il n'était plus chez lui. Ou plutôt, il l'était, mais des intrus y avaient pénétré et se trouvaient bizarrement en position de force… Mais il ne s'avouait pas vaincu… Une rangée de sorcières s'éleva au-dessus des autres et bondit en direction du couple venu pour combattre le Mal. Mais celui-ci avait déjà pris ses précautions et constitué une bulle de défense qui les protégea de manière efficace, mais qui les empêchait d'agir vers l'extérieur. Les sorcières s'entassèrent autour de la bulle cachant son contenu. Alice et Giordano réintégrèrent la Nef ! C'était dangereux, car si les assaillantes réussissaient à pénétrer la bulle, elles pouvaient suivre le couple jusqu'à la Nef. Garand s'était préparé à leur arrivée ; avec les autres, il avait observé les mouvements des hologrammes et avait mis en place l'Athanor pour, éventuellement, renvoyer le couple là où il souhaitait aller. L'hologramme de Giordano avait informé l'alchimiste qui avait programmé son Athanor de manière précise. Le couple apparut en chair et en os. L'arrivée de ces deux membres du commando du Trou noir entama une discussion lancée par Isaac Newton. « Je suis désolé, mais je ne peux pas m'empêcher de poser une question : alors que je lis partout qu'une fois passé l'horizon des événements, il est impossible de ressortir du trou noir, je vois que vous faites des va-et-vient sans aucune difficulté. J'en suis même arrivé à me demander si tout cela était vrai... » Alice sourit, ainsi que Giordano. Ce dernier répondit : « C'est simple nous utilisons un chemin naturel, appelé l'évaporation quantique du Trou noir. En effet, il se forme une espèce de pont quantique ente l'extérieur du Trou noir et, au-delà de l'horizon des événements, son intérieur. Cela est dû au principe d'incertitude de Heisenberg et donc de l'énergie du vide. Des paires de particules-antiparticules naissent constamment dans le vide. Cela a été confirmé expérimentalement par l'effet Casimir. En général ces deux particules antagonistes s'annihilent immédiatement sauf quand quelque chose les sépare ! Et ce quelque chose, dans notre cas, est l'horizon des événements qui attire une des particules et pas l'autre qui réussit donc à s'échapper du trou noir ! Nous utilisons donc ce pont quantique pour passer la frontière comme qui dirait… » Alice ajouta une information complémentaire : « Il est vrai que pour un trou noir très massif comme le Sagittarius A*, cette évaporation est négligeable, mais elle est suffisante pour nos microscopiques corps comparés à ce gigantesque trou noir… » Giordano reprit la parole : « Bon… Nous ne pouvons pas nous permettre de perdre trop de temps. Garand, peux-tu nous procurer deux armes militaires, deux lance-roquettes, l'un classique avec une munition classique et un autre avec une munition thermobarique ? » Garand en resta bouche bée : « Mais que veux-tu faire avec ces armes ?

- Eh bien, je veux faire connaître l'enfer à Nyarlathotep et ses sorcières…
- Ah ! Ahhh ? Ben dis-donc tu choisis les grands moyens… Oui, oui, je peux. Très bien ! Je me suis toujours interdit de voler de telles armes. Mais leur utilisation dans ce gigantesque trou noir ne présente aucun danger pour l'extérieur… Je vais de ce pas les chercher et je serai instantanément de retour, car Athanor peut se déplacer dans le passé pour pouvoir revenir ici au présent… »

Et il disparut pour réapparaître immédiatement avec les deux armes… L'alchimiste avait les traits tirés, il était fatigué, sa mission avait dû être difficile. Mais le temps pressait. « Alors ? Qu'en dites-vous ? Qui prend quoi ? », demanda-t-il. Alice répondit : « Je prends le classique et Giordano le thermomachin... On y va ? » Elle saisit l'arme et son projectile et Giordano en fit autant...

Le couple utilisa de nouveau l'Athanor pour se renvoyer devant le château au même endroit. Ils voyaient le groupe des sorcières alignées sur les marches et Nyarlathotep, siégeant sur la plateforme sur laquelle débouchaient les escaliers monumentaux. Garand, lui, éteignit son Athanor pour éviter tout retour des sorcières, ou tout retour de flamme, au sens propre, ce qui empêchait désormais également Alice et Giordano de l'utiliser... Une fois partis, leurs hologrammes réapparurent pour donner à leurs amis des informations sur leur action. Ils s'étaient mis d'accord sur les différents signes à montrer afin de de se faire comprendre... Giordano se souvint d'un extrait de la Bible : « *Et le diable, qui les séduisait, fut jeté dans l'étang de feu et de soufre.* »

Au moment où ils apparurent, une huée collective impressionnante s'éleva du groupe des sorcières qui s'élancèrent immédiatement vers eux. Alice avait préparé son lance-roquettes ; elle l'épaula, visa de manière à ce que la roquette fasse un parcours en parabole aplatie pour qu'elle tombe au milieu du groupe par le haut. L'explosion anéantit le centre du groupe, terrifiant les survivantes qui s'arrêtèrent soudain pour regarder Nyarlathotep, espérant une directive. Ce dernier ne la leur donna pas, mais se leva et s'enfuit à l'intérieur de la bâtisse en ruines en empruntant un grand portail ouvert. Immédiatement, les survivantes rebroussèrent chemin et se translatèrent quasi instantanément derrière l'Homme noir. Giordano avait préparé son lance-roquette et tira la *thermobarique* en visant l'entrée du château en ruines. L'affreuse munition thermocompressive explosa en deux temps à l'intérieur du bâtiment. Garand et Alice espéraient que cela se produise à proximité de Nyarlathotep. La première explosion ouvrit le réservoir à hauteur d'homme du Diable noir qui en fut terrifié à l'instant où il en prit conscience, le contenu, un carburant extrêmement inflammable, fut dispersé dans un nuage. La deuxième charge explosa ensuite ; la surpression fut deux fois plus puissante qu'une bombe conventionnelle. La dépression de l'air suivit. Toute l'équipe fut anéantie, au centre de l'explosion, Nyarlathotep et les sorcières qui l'entouraient furent désintégrés, les autres carbonisées. Celles qui étaient le plus éloignées du centre de la terrifiante action en deux temps survécurent, mais disparurent par la disparition de leur créateur.

Alice et Giordano regardaient fascinés et même terrifiés par l'effet de cette arme incroyable. La guerre moderne n'avait pas fini de les étonner. Encore, n'avaient-ils pas osé utiliser l'arme atomique tactique, ce qui aurait été possible, Garand étant tout à fait capable de s'introduire là où il faut pour dérober une bombe tactique qui ne présente pas un volume extraordinaire, mais qui serait trop pesante pour être manipulée à main d'homme et de femme… et qui nécessite un engin de tir très lourd, même avec ce que les Américains ont appelé leur *M-29 Davy Crockett Weapon System…*

Le couple envoya le signal via leur hologramme en levant le pouce très haut et en riant à pleines dents… Garand rétablit le fonctionnement de l'Athanor et ils purent réintégrer la Nef d'Antig.

Épilogue

Lorsque le couple réapparut à proximité de l'Athanor, tout le monde applaudit et poussa des « hourra » !

« Merci ! Merci ! » S'exclamait Alice et Giordano s'inclinait pour exprimer sa gratitude pour ces signes d'amitiés. Newton parla le premier : « Cela s'est bien passé ? » Giordano répondit : « Très bien ! Ces engins de guerre sont terrifiants… » Ils avaient laissé là-bas les tubes des lance-roquettes. « L'ignoble Nyarlathotep est pulvérisé. » Reprit Alice, « mais il n'est pas sûr qu'il ne puisse pas se reconstituer. Nous poserons la question à Lovecraft… Cette monstrueuse entité a besoin d'un support solide pour agir, mais il n'en a pas besoin pour exister. Certes, la perte brutale de son support matériel l'a considérablement affaibli. Mais le temps fera son affaire, même s'il avait besoin de plusieurs siècles pour revenir. Ce que je ne crois pas. En attendant, réjouissons-nous. Cette guerre est finie par destruction de l'adversaire, même si elle est provisoire… On retourne à Espérance ? » Newton semblait pensif, il prit la parole. « Oui, nous allons retourner chez nous, mais nous pourrions poser quelques questions à l'I.A. puisque nous sommes ici… » Et il tripota sa tablette pour que l'I.A. apparaisse. La femme qui apparut alors que l'écran s'affichait sur la paroi présentait le visage d'une des sorcières de

Nyarlathotep ! « Oh ! » S'exclamèrent-ils en cœur. L'image sourit : « Ah ! Je vous ai bien eus ! Ah ah ah ! » Et l'image se transforma en une belle femme d'âge mûr… Newton qui s'était autoproclamé l'interlocuteur désigné de l'I.A. lui demanda : « Pourquoi apparaissez-vous en portrait féminin ? » Elle se transforma en beau jeune homme et dit : « Eh bien, vous parlez tous le français et en français *Intelligence artificielle* est féminin, non ? D'ailleurs, c'est le même mot en anglais, et féminin aussi… »

« D'accord ! Avez-vous appris ce qu'il est advenu de Nyarlathotep ?

- Oui. Je suis tout ce que vous faites dans la mesure où vous êtes dans mon Vaisseau… Bravo à vous, cette entité morbide ne viendra plus tenter d'investir mes milliers de salles. J'ai perdu un temps fou à me consacrer à ce travail. Encore merci !
- Pensez-vous que cette disparition est définitive ?
- Je ne crois pas. Mais tout dépend de la mesure du temps, de la norme de cette mesure. Elle n'est pas la même pour vous et pour moi… Si vous êtes humain, la durée de votre vie ne représente qu'une fraction de seconde pour moi… Si ce n'était pas le cas, je ne connais pas alors votre durée de vie…
- Soit ! Mais considérez donc votre échelle de temps à vous.
- Eh bien, je dirais qu'il y a le panthéon lovecraftien, cette disparition de

Nyarlathotep va mettre quelqu'un en colère, par exemple *Azathoth* ou *Yog-Sothoth*... et que vont devenir *Ceux du dehors* ? et *Cthulhu* ? Il se produit, je le crains, un effet château de cartes...

- Est-ce vraiment dangereux ?
- Je ne peux le dire. L'échelle de temps n'est pas la même non plus pour toutes ces entités. Quelle importance avait pour elles ce Nyarlathotep ? Difficile à dire. Peut-être que celui qui, le premier, en a parlé en saura plus que moi.
- Vous voulez parler de Lovecraft ?
- Oui, bien sûr. Il doit vous attendre là-bas, dans la cité des étoiles...
- Nous allons y retourner sous peu... Merci à vous.
- Que la Force soit avec vous ! Ah ah ah !
- Décidément vous pratiquez désormais la citation allusive amusante !
- Oui, je suis une machine, mais peut-être plus humaine que vous... Au revoir ! »

Et l'écran s'éteignit. L'équipe décida à l'unanimité de rejoindre Lovecraft. La réunion serait un peu pénible dans la petite pièce où il se tient. Personne ne savait s'il avait pu réussir à se tenir au courant. Certainement que non... Après les manipulations nécessaires des uns et des autres, l'équipe des six aventuriers de l'espace-temps se retrouvèrent dans le cagibi blindé de H.P.L... Jean alla remettre l'électricité en marche ainsi que tous les fluides de l'appartement. Dès qu'il fut connecté, Lovecraft s'inquiéta et demanda où ils en étaient.

C'est Jean qui prit la parole. « Nous sommes tous présents et sains et saufs. Alice et Giordano ont réussi à pénétrer à l'intérieur du Sagittarius A* où se cachait Nyarlathotep et ont eu raison du Diable Noir en le pulvérisant avec une arme létale puissante volée à l'armée. Nous avons toujours notre place dans la Nef d'AntiG et de très bonnes relations se sont nouées avec l'I.A., voilà le résumé !

- Que de bonnes nouvelles...
- C'est sûr, mais nous nous posons des questions sur l'avenir. La principale étant : Nyarlathotep, avec ses pouvoirs, et son existence possible en dehors de toute matérialité a-t-il été vraiment définitivement détruit par la pulvérisation de son support matériel qui avait déjà des atouts extraordinaires pour subsister au sein d'un trou noir ?
- Bonne question... J'imagine que la destruction de Nyarlathotep dans le Trou noir va rendre sa reconstruction très difficile, voire même impossible... Du moins, lui-même ne pourra pas la réaliser. Mais quelqu'un ou quelque chose va se mettre au travail pour sa reconstitution, car, dans l'univers, sa disparition crée un vide qu'il faudra combler. Ce sera sans doute par la reconstitution de Nyarlathotep en tant que tel ou par la création d'une autre entité... Mais c'est impossible de le

savoir… Et leur échelle de temps n'est pas la même que la nôtre. »

Un long silence conclut cette explication. Giordano parla le premier. « Bien… Nous constatons que les grands esprits se rencontrent, puisque vos explications, Howard, rejoignent celles de l'Intelligence Artificielle. Donc il ne nous reste plus qu'à reprendre une vie normale… »

Mais dans la Nef d'AntiG, autour de laquelle l'énorme engin d'entretien continuait à faire son boulot en se déplaçant très lentement sur les « aiguilles » qui entourent le vaisseau spatial, l'I.A. gardait un soupçon d'inquiétude. Elle programma l'engin sur « alerte maximum », particulièrement en direction du Trou noir, mais aussi vers l'univers infini et ses milliards de galaxies…

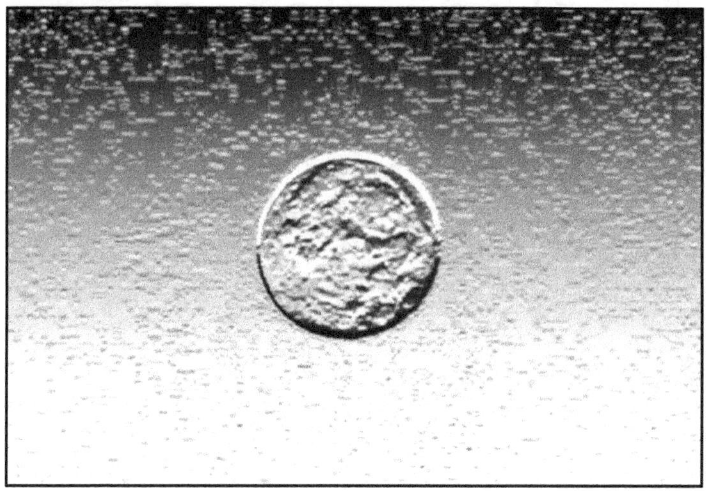

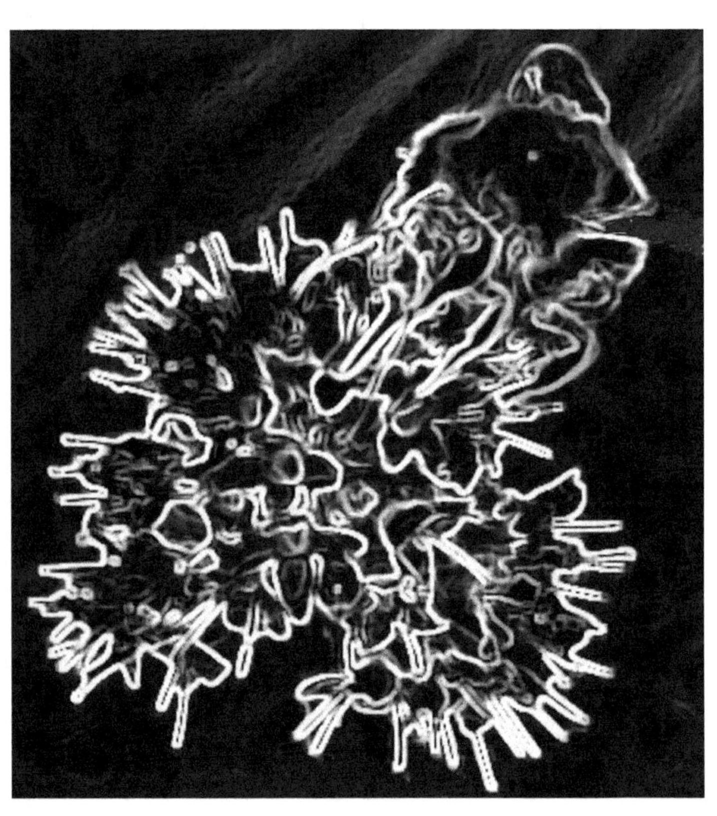

Table des matières

www.ingramcontent.com/pod-product-compliance
Lightning Source LLC
LaVergne TN
LVHW050911200726

843508LV00011B/2181